合格班
日檢文法
攻略問題集 & 逐步解說

〔全真模擬試題〕完全對應新制

考試分數大躍進
累積實力
百萬考生見證
應考秘訣

2

根據日本國際交流基金考試相關概要

吉松由美、西村惠子、大山和佳子
山田社日檢題庫小組 ◎ 合著

MP3

山田社
Shan Tian She

前言

preface

百分百全面日檢學習對策，讓您震撼考場！
日檢合格班神救援，讓您輕鬆邁向日檢合格之路！

★ 文法闖關遊戲＋文法比較＋模擬試題與解題攻略，就是日檢合格的完美公式！
★ 小試身手！文法闖關大挑戰，學文法原來這麼好玩！
★ N2 文法比一比，理清思路，一看到題目就有答案！
★ 拆解句子結構，反覆訓練應考技巧，破解學習文法迷思！
★ 精選全真模擬試題，逐步解說，100% 命中考題！

文法辭典、文法整理、模擬試題…，為什麼買了一堆相關書籍，文法還是搞不清楚？
做了大量的模擬試題，對文法概念還是模稜兩可，總是選到錯的答案？

光做題目還不夠，做完題目你真的都懂了嗎？
別再花冤枉錢啦！重質不重量，好書一本就夠，一次滿足你所有需求！
學習文法不要再東一句西一句！有邏輯、有系統，再添加一點趣味性，才是讓你不會想半路放棄，一秒搞懂文法的關鍵！

合格班提供 100%全面的文法學習對策，讓您輕鬆取證，震撼考場！

● 100%權威｜突破以往，給你日檢合格的完美公式！

多位日檢專家齊聚，聯手策劃！從「文法闖關挑戰」、「文法比較」二大有趣、有效的基礎學習，到「實力測驗」、「全真模擬試題」、「精闢解題」，三階段隨考隨解的合格保證實戰檢測，加上突破以往的版面配置與內容編排方式，精心規劃出一套日檢合格的完美公式！

● 100%挑戰｜動大腦的興趣開關，學習效果十倍速提升！

別以為「文法」一定枯燥無味！本書每一個章節，都讓你先小試身手，挑戰文法闖關遊戲！接著透過文法比一比，將相關文法整理起來，用區塊分類，加強力度。只要在一開始感到樂趣、提高文法理解度，就能啟動大腦的興趣開關，讓你更容易投入其中並牢牢記住！保證強化學習效果，縮短學習時間！讓你在準備考試之餘，還有時間聊天、睡飽、玩手遊！

● 100%充足｜用「比」的學，解決考場窘境，日檢 N2 文法零弱點！

你是不是覺得每個文法都會了，卻頻頻在考場上演左右為難的戲碼？本書了解初學文法的痛點，貼心將易混淆的 N2 文法項目進行整理歸納，依照不同的使用時機，包括時間、理由、條件、義務、狀態、樣態…等表現，分成 12 個章節。並將每個文法與意思相近、容易混淆的文法進行比較，讓你解題時不再有模糊地帶，不再誤用文法，一看到題目就有答案，一次的學習就有高達十倍的效果。

本書將每個文法都標出接續方式，讓你透視文法結構，鞏固文法概念。再搭配生活中、考題中的常用句，不只幫助您融會貫通，有效應用在日常生活上、考場上，更加深你的記憶，輕鬆掌握每個文法，提升日檢實力！

● 100%擬真｜考題神準，臨場感最逼真！

最後再附上「題型七及題型八」全真模擬試題，以完全符合新制日檢 N2 文法的考試方式，讓你彷彿親臨考場。接著由金牌日籍老師群帶你直擊考點，逐一解說各道題目，不僅有中日文對照解題，更適時加入補充文法，精準破解考題，並加強文法運用能力，帶你穩紮穩打練就基本功，輕輕鬆鬆征服日檢 N2 考試！

目錄 contents

新「日本語能力測驗」測驗成績

JLPT

1　量尺得分

舊制測驗的得分，答對的題數以「原始得分」呈現；相對的，新制測驗的得分以「量尺得分」呈現。

「量尺得分」是經過「等化」轉換後所得的分數。以下，本手冊將新制測驗的「量尺得分」，簡稱為「得分」。

2　測驗成績的呈現

新制測驗的測驗成績，如表3的計分科目所示。N1、N2、N3的計分科目分為「語言知識（文字、語彙、文法）」、「讀解」、以及「聽解」3項；N4、N5的計分科目分為「語言知識（文字、語彙、文法）、讀解」以及「聽解」2項。

會將N4、N5的「語言知識（文字、語彙、文法）」和「讀解」合併成一項，是因為在學習日語的基礎階段，「語言知識」與「讀解」方面的重疊性高，所以將「語言知識」與「讀解」合併計分，比較符合學習者於該階段的日語能力特徵。

■　各級數的計分科目及得分範圍

級數	計分科目	得分範圍
N1	語言知識（文字、語彙、文法） 讀解 聽解	0～60 0～60 0～60
	總分	0～180
N2	語言知識（文字、語彙、文法） 讀解 聽解	0～60 0～60 0～60
	總分	0～180
N3	語言知識（文字、語彙、文法） 讀解 聽解	0～60 0～60 0～60
	總分	0～180
N4	語言知識（文字、語彙、文法）、讀解 聽解	0～120 0～60
	總分	0～180
N5	語言知識（文字、語彙、文法）、讀解 聽解	0～120 0～60
	總分	0～180

各級數的得分範圍，如表3所示。N1、N2、N3的「語言知識（文字、語彙、文法）」、「讀解」、「聽解」的得分範圍各為0～60分，三項合計的總分範圍是0～180分。「語言知識（文字、語彙、文法）」、「讀解」、「聽解」各占總分的比例是1：1：1。

N4、N5的「語言知識（文字、語彙、文法）、讀解」的得分範圍為0～120分，「聽解」的得分範圍為0～60分，二項合計的總分範圍是0～180分。「語言知識（文字、語彙、文法）、讀解」與「聽解」各占總分的比例是2：1。還有，「語言知識（文字、語彙、文法）、讀解」的得分，不能拆解成「語言知識（文字、語彙、文法）」與「讀解」二項。

除此之外，在所有的級數中，「聽解」均占總分的三分之一，較舊制測驗的四分之一為高。

3　合格基準

舊制測驗是以總分作為合格基準；相對的，新制測驗是以總分與分項成績的門檻二者作為合格基準。所謂的門檻，是指各分項成績至少必須高於該分數。假如有一科分項成績未達門檻，無論總分有多高，都不合格。

新制測驗設定各分項成績門檻的目的，在於綜合評定學習者的日語能力，須符合以下二項條件才能判定為合格：①總分達合格分數（＝通過標準）以上；②各分項成績達各分項合格分數（＝通過門檻）以上。如有一科分項成績未達門檻，無論總分多高，也會判定為不合格。

N1～N3及N4、N5之分項成績有所不同，各級總分通過標準及各分項成績通過門檻如下所示：

級數	總分		分項成績					
			言語知識（文字・語彙・文法）		讀解		聽解	
	得分範圍	通過標準	得分範圍	通過門檻	得分範圍	通過門檻	得分範圍	通過門檻
N1	0～180分	100分	0～60分	19分	0～60分	19分	0～60分	19分
N2	0～180分	90分	0～60分	19分	0～60分	19分	0～60分	19分
N3	0～180分	95分	0～60分	19分	0～60分	19分	0～60分	19分

級數	總分		分項成績			
			言語知識（文字・語彙・文法）・讀解		聽解	
	得分範圍	通過標準	得分範圍	通過門檻	得分範圍	通過門檻
N4	0～180分	90分	0～120分	38分	0～60分	19分
N5	0～180分	80分	0～120分	38分	0～60分	19分

※上列通過標準自2010年第1回(7月)【N4、N5為2010年第2回(12月)】起適用。

缺考其中任一測驗科目者，即判定為不合格。寄發「合否結果通知書」時，含已應考之測驗科目在內，成績均不計分亦不告知。

4　測驗結果通知

依級數判定是否合格後，寄發「合否結果通知書」予應試者；合格者同時寄發「日本語能力認定書」。

■ N1, N2, N3

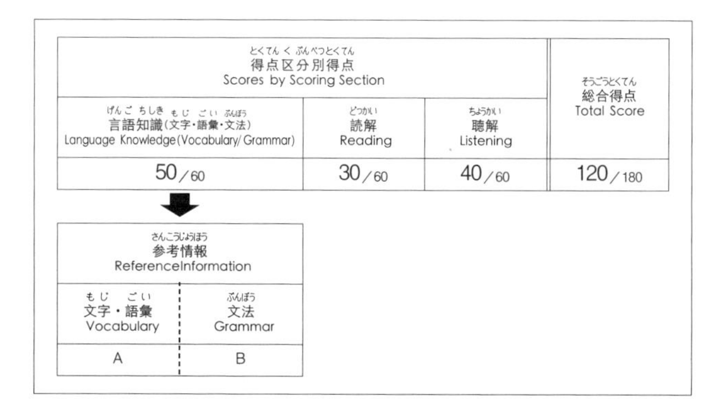

■ N4, N5

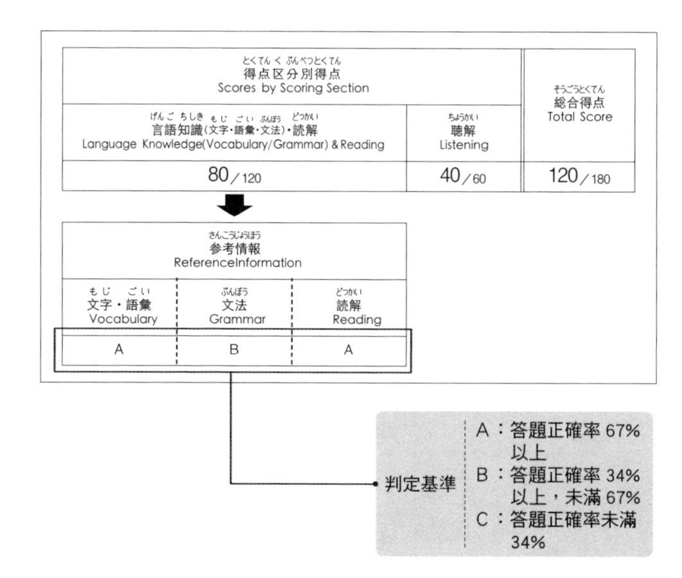

※各節測驗如有一節缺考就不予計分，即判定為不合格。雖會寄發「合否結果通知書」但所有分項成績，含已出席科目在內，均不予計分。各欄成績以「*」表示，如「**／60」。

※所有科目皆缺席者，不寄發「合否結果通知書」。

N2 題型分析

測驗科目（測驗時間）		試題內容				
		題型			小題題數＊	分析
語言知識、讀解（105分）	文字、語彙	1	漢字讀音	◇	5	測驗漢字語彙的讀音。
		2	假名漢字寫法	◇	5	測驗平假名語彙的漢字寫法。
		3	複合語彙	◇	5	測驗關於衍生語彙及複合語彙的知識。
		4	選擇文脈語彙	○	7	測驗根據文脈選擇適切語彙。
		5	替換類義詞	○	5	測驗根據試題的語彙或說法，選擇類義詞或類義說法。
		6	語彙用法	○	5	測驗試題的語彙在文句裡的用法。
	文法	7	文句的文法1（文法形式判斷）	○	12	測驗辨別哪種文法形式符合文句內容。
		8	文句的文法2（文句組構）	◆	5	測驗是否能夠組織文法正確且文義通順的句子。
		9	文章段落的文法	◆	5	測驗辨別該文句有無符合文脈。
	讀解＊	10	理解內容（短文）	○	5	於讀完包含生活與工作之各種題材的說明文或指示文等，約200字左右的文章段落之後，測驗是否能夠理解其內容。
		11	理解內容（中文）	○	9	於讀完包含內容較為平易的評論、解說、散文等，約500字左右的文章段落之後，測驗是否能夠理解其因果關係或理由、概要或作者的想法等等。
聽解（50分）		1	課題理解	◇	5	於聽取完整的會話段落之後，測驗是否能夠理解其內容（於聽完解決問題所需的具體訊息之後，測驗是否能夠理解應當採取的下一個適切步驟）。
		2	要點理解	◇	6	於聽取完整的會話段落之後，測驗是否能夠理解其內容（依據剛才已聽過的提示，測驗是否能夠抓住應當聽取的重點）。
		3	概要理解	◇	5	於聽取完整的會話段落之後，測驗是否能夠理解其內容（測驗是否能夠從整段會話中理解說話者的用意與想法）。
		4	即時應答	◆	12	於聽完簡短的詢問之後，測驗是否能夠選擇適切的應答。
		5	綜合理解	◇	4	於聽完較長的會話段落之後，測驗是否能夠將之綜合比較並且理解其內容。

＊「小題題數」為每次測驗的約略題數，與實際測驗時的題數可能未盡相同。此外，亦有可能會變更小題題數。

＊有時在「讀解」科目中，同一段文章可能會有數道小題。

資料來源：《日本語能力試驗JLPT官方網站：分項成績・合格判定・合否結果通知》。2016年1月11日，取自：http://www.jlpt.jp/tw/guideline/results.html

本書使用說明

Point 1 文法闖關大挑戰

小試身手，挑戰文法闖關遊戲！每關題目都是本回的文法重點！

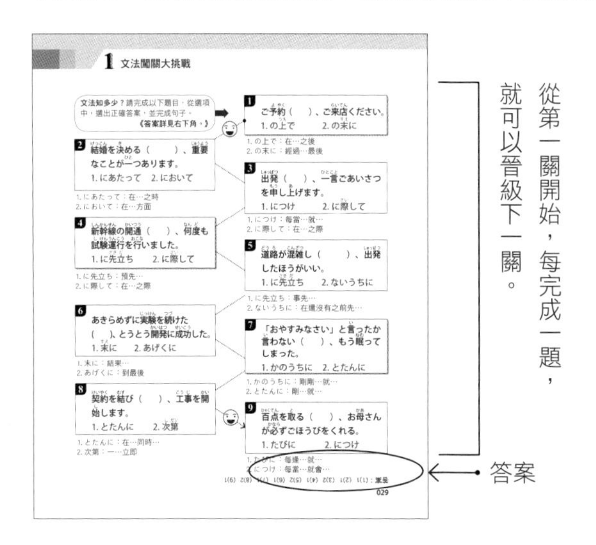
1 文法闖關大挑戰

文法知多少？請完成以下題目，從選項中，選出正確答案，並完成句子。《答案詳見右下角。》

1 ご予約（　　）、ご来店ください。
1. の上で　2. の末に
1. の上で：在…之後
2. の末に：經過…最後

2 結婚を決める（　　）、重要なことが一つあります。
1. にあたって　2. において
1. にあたって：在…之時
2. において：在…方面

3 出発（　　）、一言ごあいさつを申し上げます。
1. につけ　2. に際して
1. につけ：每當…就…
2. に際して：在…之際

4 新幹線の開通（　　）、何度も試験運行を行いました。
1. に先立ち　2. に際して
1. に先立ち：預先…
2. に際して：在…之際

5 道路が混雑し（　　）、出発したほうがいい。
1. に先立ち　2. ないうちに
1. に先立ち：事先…
2. ないうちに：在還沒有之前先…

6 あきらめずに実験を続けた（　　）、とうとう開発に成功した。
1. 末に　2. あげくに
1. 末に：結果…
2. あげくに：到最後

7 「おやすみなさい」と言ったか言わない（　　）、もう眠ってしまった。
1. かのうちに　2. とたんに
1. かのうちに：剛剛…就…
2. とたんに：剛…就…

8 契約を結び（　　）、工事を開始します。
1. とたんに　2. 次第
1. とたんに：在…同時…
2. 次第：一…立即

9 百点を取る（　　）、お母さんが必ずごほうびをくれる。
1. たびに　2. につけ
1. たびに：每逢…就…
2. につけ：每當…就會…

答案：(1)1 (2)1 (3)2 (4)1 (5)2 (6)1 (7)1 (8)2 (9)1

029

從第一關開始，每完成一題，就可以晉級下一關。

答案

Point 2 文法總整理

通過實力測驗後，將本章文法作一次總整理，將相關文法整理起來一目了然。保證強化學習效果，縮短學習時間！

文法總整理

2 格助詞（関連・素材・対応・情報源・判断材料）總整理

□1 をめぐって、をめぐる
□2 をもとに、をもとにして
□3 に応じて
□4 にかけては、にかけても
□5 に応えて、に応え、に応える
□6 に沿って、に沿い、に沿う
□7 によると、によれば
□8 からして
□9 からすれば、からすると
□10 から見ると、から見れば、から見て

Point 3 文法比較

本書將每個意思相近、容易混淆的文法進行比較，並標出接續方式，讓你透視文法結構，鞏固文法概念，解題時不再有模糊地帶，不再誤用文法，一次的學習就有兩倍的效果。

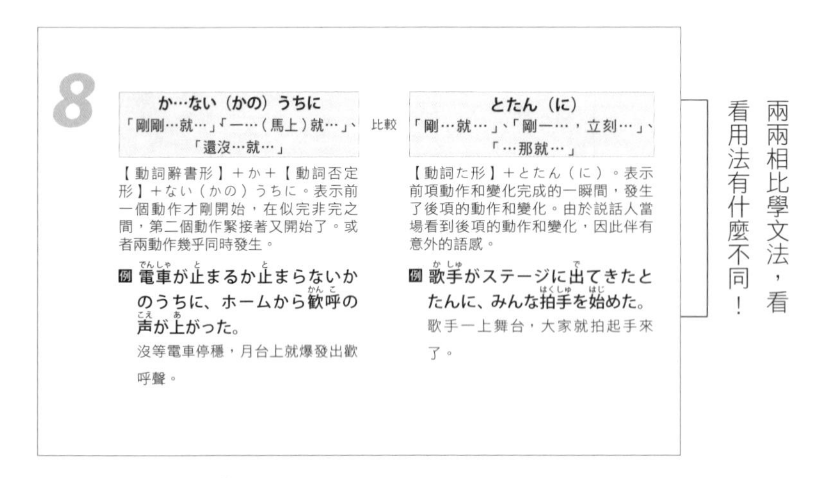

8

か…ない（かの）うちに
「剛剛…就…」「一…（馬上）就…」、「還沒…就…」

比較

とたん（に）
「剛…就…」、「剛一…，立刻…」、「…那就…」

【動詞辭書形】＋か＋【動詞否定形】＋ない（かの）うちに。表示前一個動作才剛開始，在似完非完之間，第二個動作緊接著又開始了。或者兩動作幾乎同時發生。

例 **電車が止まるか止まらないかのうちに、ホームから歓呼の声が上がった。**
沒等電車停穩，月台上就爆發出歡呼聲。

【動詞た形】＋とたん（に）。表示前項動作和變化完成的一瞬間，發生了後項的動作和變化。由於說話人當場看到後項的動作和變化，因此伴有意外的語感。

例 **歌手がステージに出てきたとたんに、みんな拍手を始めた。**
歌手一上舞台，大家就拍起手來了。

Point 4 新日檢實力測驗＋翻譯解題

每章節最後附上符合新日檢考試題型的實力測驗，並配合翻譯與解題，讓你透過一章節一測驗的方式加強記憶，熟悉考試題型，重新檢視是否還有學習不完全的地方，不遺漏任何一個小細節。

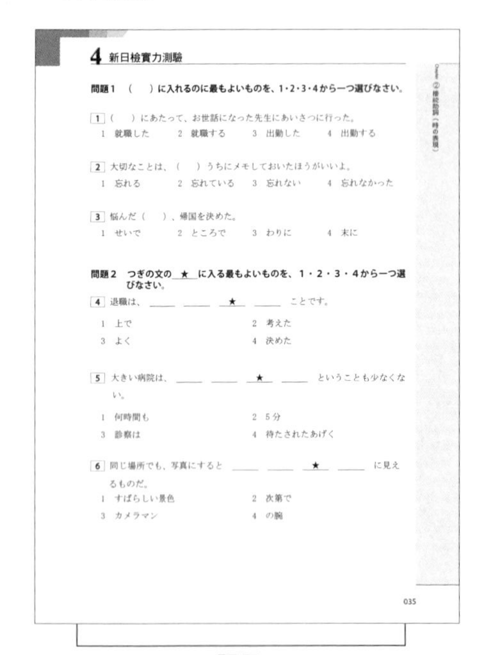

4 新日檢實力測驗

問題1 （　）に入れるのに最もよいものを、1・2・3・4から一つ選びなさい。

1 （　）にあたって、お世話になった先生にあいさつに行った。
1 就職した　2 就職する　3 出勤した　4 出勤する

2 大切なことは、（　）うちにメモしておいたほうがいいよ。
1 忘れる　2 忘れている　3 忘れない　4 忘れなかった

3 悩んだ（　）、帰国を決めた。
1 せいで　2 ところで　3 わりに　4 末に

問題2 つぎの文の ★ に入る最もよいものを、1・2・3・4から一つ選びなさい。

4 退職は、＿＿ ＿＿ ★ ＿＿ ことです。
1 上で　2 考えた
3 よく　4 決めた

5 大きい病院は、＿＿ ＿＿ ★ ＿＿ ということも少なくない。
1 何時間も　2 5分
3 診察は　4 待たされたあげく

6 同じ場所でも、写真にすると ＿＿ ＿＿ ★ ＿＿ に見えるものだ。
1 すばらしい景色　2 次第で
3 カメラマン　4 の腕

035

題目

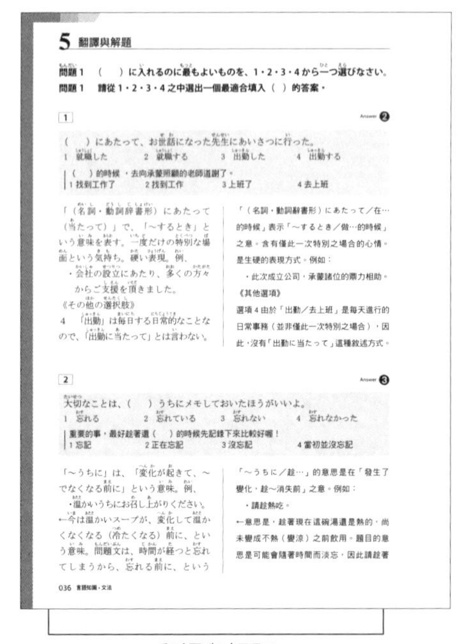

5 翻譯與解題

問題1 （　）に入れるのに最もよいものを、1・2・3・4から一つ選びなさい。
問題1 請從1・2・3・4之中選出一個最適合填入（ ）的答案。

1 Answer 2

（　）にあたって、お世話になった先生にあいさつに行った。
1 就職した　2 就職する　3 出勤した　4 出勤する
（　）的時候，去向承蒙照顧的老師道謝了。
1 找到工作了　2 找到工作　3 上班了　4 去上班

「（名詞・動詞辞書形）にあたって（当たって）」で、「〜するとき」という意味を表す。一度だけの特別な場面という気持ち。硬い表現。例、
・会社の設立にあたり、多くの方々からご支援を頂きました。
《その他の選択肢》
4 「出勤」は毎日する日常的なことなので、「出勤に当たって」とは言わない。

「（名詞・動詞辭書形）にあたって／在…的時候」表示「〜するとき／做…的時候」之意。含有僅此一次特別之場合的心情。是生硬的表現方式。例如：
・此次成立公司，承蒙諸位的鼎力相助。
《其他選項》
選項4由於「出勤／去上班」是每天進行的日常事務（並非僅此一次特別之場合），因此，沒有「出勤に当たって」這種敘述方式。

2 Answer 3

大切なことは、（　）うちにメモしておいたほうがいいよ。
1 忘れる　2 忘れている　3 忘れない　4 忘れなかった
重要的事，最好趁著還（　）的時候先記錄下來比較好喔！
1 忘記　2 正在忘記　3 沒忘記　4 當初並沒忘記

「〜うちに」は、「変化が起きて、〜でなくなる前に」という意味。例、
・温かいうちにお召し上がりください。
←今は温かいスープが、変化して温かくなくなる（冷たくなる）前に、という意味。問題文は、時間が経つと忘れてしまうから、忘れる前に、という

「〜うちに／趁…」的意思是在「發生了變化，趁〜消失前」之意。例如：
・請趁熱吃。
←意思是，趁著現在這碗湯還是熱的，尚未變成不熱（變涼）之前飲用。題目的意思是可能會隨著時間而淡忘，因此請趁著

036 言語知識・文法

翻譯與解題

Point 5 全一回新日檢模擬考題＋解題攻略

本書全一回模擬考題完全符合新日檢文法的出題方式，從題型、場景設計到出題範圍，讓你一秒抓住考試重點。配合精闢的解題攻略，整理出日檢 N3 文法考試的核心問題，引領你一步一步破解題目。

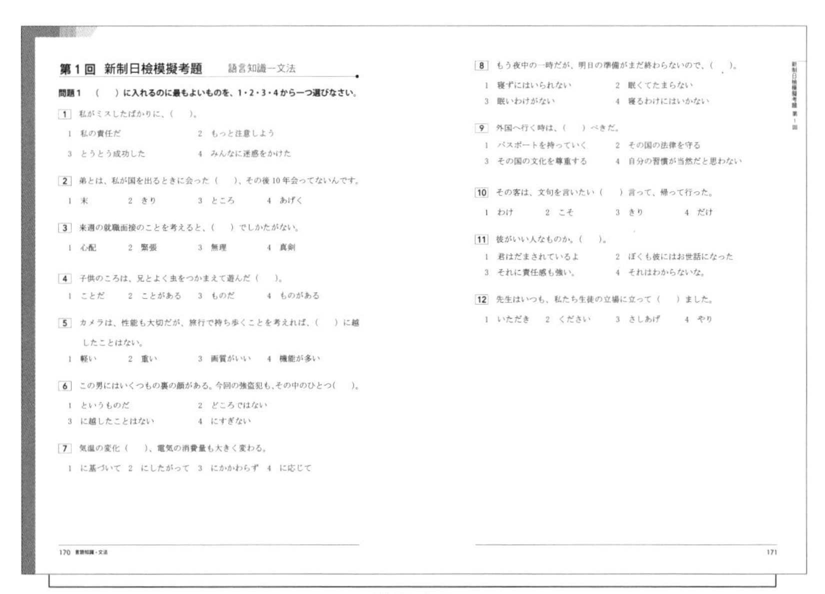

第1回　新制日檢模擬考題　語言知識—文法

問題1　（　）に入れるのに最もよいものを、1・2・3・4から一つ選びなさい。

1　私がミスしたばかりに、（　）。
1　私の責任だ　2　もっと注意しよう
3　とうとう成功した　4　みんなに迷惑をかけた

2　弟とは、私が国を出るときに会った（　）、その後10年会ってないんです。
1　末　2　きり　3　ところ　4　あげく

3　来週の就職面接のことを考えると、（　）でしかたがない。
1　心配　2　緊張　3　無理　4　真剣

4　子供のころは、兄とよく虫をつかまえて遊んだ（　）。
1　ことだ　2　ことがある　3　ものだ　4　ものがある

5　カメラは、性能も大切だが、旅行で持ち歩くことを考えれば、（　）に越したことはない。
1　軽い　2　重い　3　画質がいい　4　機能が多い

6　この男にはいくつもの裏の顔がある。今回の強盗犯も、その中のひとつ（　）。
1　というものだ　2　どころではない
3　に越したことはない　4　にすぎない

7　気温の変化（　）、電気の消費量も大きく変わる。
1　に基づいて　2　にしたがって　3　にかかわらず　4　に応じて

8　もう夜中の一時だが、明日の準備がまだ終わらないので、（　）。
1　寝ずにはいられない　2　眠くてたまらない
3　眠いわけがない　4　寝るわけにはいかない

9　外国へ行く時は、（　）べきだ。
1　パスポートを持っていく　2　その国の法律を守る
3　その国の文化を尊重する　4　自分の習慣が当然だと思わない

10　その客は、文句を言いたい（　）言って、帰って行った。
1　わけ　2　こそ　3　きり　4　だけ

11　彼がいい人なものか。（　）。
1　君はだまされているよ　2　ぼくも彼にはお世話になった
3　それに責任感も強い。　4　それはわからないな。

12　先生はいつも、私たち生徒の立場に立って（　）ました。
1　いただき　2　ください　3　さしあげ　4　やり

新制日檢模擬考題 第1回

170 言語知識・文法　171

模擬考題

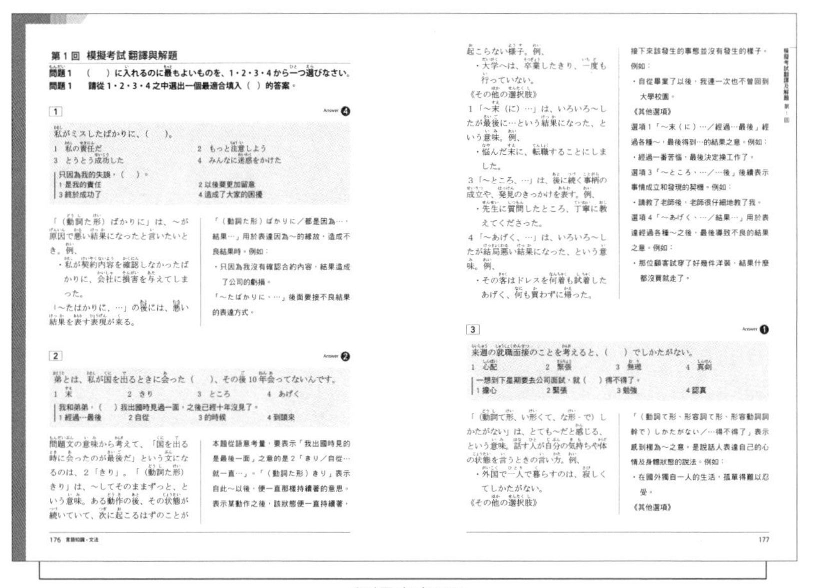

第1回　模擬考試 翻譯與解題

問題1　（　）に入れるのに最もよいものを、1・2・3・4から一つ選びなさい。
問題1　請從1・2・3・4之中選出一個最適合填入（　）的答案。

1　Answer 4

私がミスしたばかりに、（　）。
1　私の責任だ　2　もっと注意しよう
3　とうとう成功した　4　みんなに迷惑をかけた

只因為我的失誤，（　）。
1 是我的責任　2 以後要更加留意
3 終於成功了　4 造成了大家的困擾

「（動詞た形）ばかりに」は、～が原因で悪い結果になったと言いたいとき。例、
・私が契約内容を確認しなかったばかりに、会社に損害を与えてしまった。
「～たばかりに、…」の後には、悪い結果を表す表現が来る。

「（動詞た形）ばかりに／都是因為…，結果…」用於表達因為～的緣故，造成不良結果時。例如：
・只因為我沒有確認合約內容，結果造成了公司的虧損。
「～たばかりに，…」後面要接不良結果的表達方式。

2　Answer 2

弟とは、私が国を出るときに会った（　）、その後10年会ってないんです。
1　末　2　きり　3　ところ　4　あげく

我和弟弟，（　）我出國時見過一面，之後已經十年沒見了。
1 經過…最後　2 自從　3 的時候　4 到頭來

問題文の意味から考えて、「国を出る時に会ったのが最後だ」という文になるのは、2「きり」。「（動詞た形）きり」は、～してそのままずっと、という意味。ある動作の後、その状態が続いていて、次に起こるはずのことが起こらない様子。例、
・大学へは、卒業したきり、一度も行っていない。
《その他の選択肢》
1「～末（に）…」は、いろいろ～したが最後に…という結果になった、という意味。例、
・悩んだ末に、転職することにしました。
3「～ところ、…」は、後に続く事柄の成立や、発見のきっかけを表す。例、
・先生に質問したところ、丁寧に教えてくださった。
4「～あげく、…」は、いろいろ～したが結局悪い結果になった、という意味。例、
・その客はドレスを何着も試着したあげく、何も買わずに帰った。

本題從語意考量，要表示「我出國時見的是最後一面」之意的是2「きり／自從…就一直…」。「（動詞た形）きり」表示自此～以後，便一直那樣持續著的意思。表示某動作之後，該狀態便一直持續著，接下來該發生的事態並沒有發生的樣子。例如：
・自從畢業了以後，我連一次也不曾回到大學校園。
《其他選項》
選項1「～末（に）…／經過…最後」經過各種～，最後得到…的結果之意。例如：
・經過一番苦惱，最後決定換工作了。
選項3「～ところ、…／…後」後續表示事情成立和發現的契機。例如：
・請教了老師後，老師很仔細地教了我。
選項4「～あげく、…／結果…」用於表達經過各種～之後，最後導致不良的結果之意。例如：
・那位顧客試穿了好幾件洋裝，結果什麼都沒買就走了。

3　Answer 1

来週の就職面接のことを考えると、（　）でしかたがない。
1　心配　2　緊張　3　無理　4　真剣

一想到下星期要去公司面試，就（　）得不得了。
1 擔心　2 緊張　3 勉強　4 認真

「（動詞て形、い形くて、な形‐で）しかたがない」は、とても～だと感じる、という意味。話す人が自分の気持ちや体の状態を言うときの言い方。例、
・外国で一人で暮らすのは、寂しくてしかたがない。
《その他の選択肢》

「（動詞て形、形容詞て形、形容動詞詞幹で）しかたがない／…得不得了」表示感到極為～之意。是說話人表達自己的心情及身體狀態的說法。例如：
・在國外獨自一人的生活，孤單得難以忍受。
《其他選項》

模擬考試翻譯與解題 第1回

176 言語知識・文法　177

翻譯與解題

Memo

合格班
日檢文法
攻略問題集&逐步解說

〔全真模擬試題〕完全對應新制

Chapter

01 格助詞（関連・素材・対応・情報源・判斷材料）

1 文法闖關大挑戰

文法知多少？請完成以下題目，從選項中，選出正確答案，並完成句子。
《答案詳見右下角。》

1 遺産相続（　　）、兄弟が激しく争った。
1. をめぐって　2. について

1. をめぐって：圍繞著…
2. について：針對…

2 写真に（　　）、年齢を推定しました。
1. に基づいて　2. を基にして

1. に基づいて：基於…
2. を基にして：以…為依據

3 客の注文（　　）、カクテルを作る。
1. に応じて　2. によって

1. に応じて：按照…
2. によって：由於…

4 幼児の扱い（　　）、彼女はプロ中のプロですよ。
1. にかけては　2. に関して

1. にかけては：在…可是…
2. に関して：關於…

5 彼はアンコール（　　）、「故郷の民謡」を歌った。
1. にそって　2. にこたえて

1. にそって：按照…
2. にこたえて：回應…

6 説明書の手順（　　）、操作する。

1. に沿って　2. をめぐって

1. に沿って：按照…
2. をめぐって：圍繞著…

7 警察の説明（　　）、犯人はまだこの付近にいるそうです。

1. によると　2. に基づいて

1. によると：根據…
2. に基づいて：依據…

8 彼は、アクセント（　　）、東北出身だろう。

1. からといって　2. からして

1. からといって：雖說…可是…
2. からして：從…來看…

9 あの人の成績（　　）、大学合格はとても無理だろう。

1. によれば　2. からすれば

1. によれば：據…
2. からすれば：從…來看

10 営業の成績（　　）、彼はとても優秀なセールスマンだ。

1. から見ると　2. によると

1. から見ると：從…來看
2. によると：據…

答案：(1)1　(2)1　(3)1　(4)1　(5)2
(6)1　(7)1　(8)2　(9)2　(10)1

2 格助詞（関連・素材・対応・情報源・判斷材料）總整理

□1 をめぐって、をめぐる
□2 をもとに、をもとにして
□3 に応じて
□4 にかけては、にかけても
□5 に応えて、に応え、に応える
□6 に沿って、に沿い、に沿う
□7 によると、によれば
□8 からして
□9 からすれば、からすると
□10 から見ると、から見れば、から見て

3 文法比較 --- 格助詞（関連・素材・対応・情報源・判斷材料）（T-01）

1

をめぐって、をめぐる
「圍繞著…」、「環繞著…」

比較

について
「有關…」、「就…」、「關於…」

【名詞】＋をめぐって、をめぐる。表示後項的行為動作，是針對前項的某一事情、問題進行的。

例 **町の再開発をめぐって、問題が起こった。**
對於城鎮重新開發的一事上，發生了問題。

【名詞】＋について。表示前項先提出一個話題，後項就針對這個話題進行說明。

例 **アジアの国々につい、よく知っている日本人は少ないです。**
十分瞭解亞洲各國的日本人並不多。

2

を基に、を基にして
「以…為根據」、「以…為參考」、「在…基礎上」

比較

に基づいて
「根據…」、「按照…」、「基於…」

【名詞】＋をもとに、をもとにして。表示將某事物做為啟示、根據、材料、基礎、土台等。後項的行為、動作是根據或參考前項來自行發展的。

例 **私は日本での経験を基に、帰国後は両国のために働きたい。**
我要以在日本學得的經驗，回國後為兩國做出貢獻。

【名詞】＋に基づいて。表示以某事物為根據或基礎。在不離開前項的情況下，進行後項。

例 **計画に基づいて、新しい街づくりが始まりました。**
根據計畫，開始進行新市街的改建。

3

に応じて

「根據…」、「按照…」、「順應…」

比較

によって

(1)「根據…」、「按照…」；

(2)「由於…」、「因為…」

【名詞】＋に応じて。前項作為依據，後項根據前項的情況而發生變化。意思類似於「に基づいて」。

例 **働きに応じて、報酬をプラスしてあげよう。**

依工作的情況來加薪！

【名詞】＋によって。(1)表示所依據的方法、方式、手段。(2)表示句子的因果關係。後項的結果是因為前項的行為、動作而造成、成立的。「により」大多用於書面。

例 **その村は、漁業によって生活しています。**

那個村莊，以漁業為生。

例 **この地域は台風により、大きな被害を受けました。**

這區域因颱風，遭到極大的災害。

4

にかけては、にかけても

「在…方面」、「關於…」、「在…這一點上」

比較

に関して

「關於…」、「關於…的…」

【名詞】＋にかけては、にかけても。表示「其它姑且不論，僅就那一件方面、領域來説」的意思。用來誇耀自己的能力或讚美某人的能力。後項多接對技術或能力讚賞。

例 **パソコンの調整にかけては、自信があります。**

在修理電腦這方面，我很有信心。

【名詞】＋に関して。表示就前項有關的問題，做出「後項行為。有關後項多用「言う」（説）、「考える」（思考）、「研究する」（研究）、「討論する」（討論）等動詞。多用於書面。

例 **フランスの絵画に関して、研究しようと思います。**

我想研究法國畫。

5

に応えて、に応え、に応える
「應…」、「響應…」、「回答」、「回應」

比較

に沿って、に沿い、に沿う
「沿著…」、「順著…」、「按照…」

【名詞】＋に応えて、に応え、に応える。接「期待」、「要求」、「意見」、「好意」等名詞後面，表示為了使前項能夠實現，後項是為此而採取行動或措施。

例 **農村の人々の期待に応えて、選挙に出馬した。**
為了回應農村的鄉親們的期待而出來參選。

【名詞】＋に沿って、に沿い、に沿う。接在河川或道路等長長延續的東西，或操作流程等名詞後，表示沿著河流、街道，或按照某程序、方針。前項給出一個基準性的意見或計畫，表示「為了適合…、為了不違背…」的意思。

例 **川に沿って、桜の木が植えられている。**
沿著河川，種植櫻花。

6

に沿って、に沿い、に沿う
「沿著…」、「順著…」、「按照…」

比較

をめぐって、をめぐる
「圍繞著…」、「環繞著…」

【名詞】＋に沿って、に沿い、に沿う。接在河川或道路等長長延續的東西，或操作流程等名詞後，表示沿著河流、街道，或按照某程序、方針。

例 **目的にそって、資金を運用する。**
按照目的，使用資金。

【名詞】＋をめぐって、をめぐる。表示後項的行為動作，如討論、爭論、對立等，是針對前項的某一事情、問題進行的。前項多是爭論或爭議的中心主題、追究的對象。

例 **彼の理事長への就任をめぐって、問題が起こった。**
針對他就任理事長一事，產生了問題。

7

によると、によれば
「據…」、「據…說」、「根據…報導…」

比較

に基づいて
「根據…」、「按照…」、「基於…」

【名詞】＋によると、によれば。表示消息、信息的來源，或推測的依據。前項常接判斷的依據，例如「判斷、經驗、記憶、想法、見解」等內容語詞。後面常跟著表示傳聞的「そうだ、らしい、ということだ、とのことだ、んだって」之類的詞相呼應。

例 **天気予報によると、明日は雨が降るそうです。**
根據氣象預報，明天會下雨。

【名詞】＋に基づいて。表示以某事物為根據或基礎。

例 **違反者は法律に基づいて処罰されます。**
違者依法究辦。

からして

「從…來看…」

比較

からといって

（1）「雖說…可是…」、「即使…，也不能…」等；（2）「說是（因為）…」

【名詞】＋からして。表示判斷的依據。後項大多是跟判斷、評價、推測相關的表達方式。

例 今までの確率からして、宝くじに当たるのは難しそうです。

從至今的機率來看，要中彩券似乎是很難的。

例 この手紙は、筆跡からして太郎が書いたものに違いない。

從信中的筆跡來看，是太郎寫的沒錯。

【[名詞・形容動詞詞幹]だ；[形容詞・動詞]普通形】＋からといって。（1）表示不能僅僅因為前面這一點理由，就做後面的動作。大多是對對方的批評或規勸，也用在對事實關係上的注意或訂正。

後面接否定的表達方法，如「わけではない、とはかぎらない、とはいえない、てはいけません」。

（2）表示引用別人陳述的理由。（1）跟（2）口語中都常說成「からって」。

例 嫌いだからといって、野菜を食べないと体に悪いよ。

雖說討厭，但不吃蔬菜對身體是不好的喔！

例 田中さんなら具合が悪いからって、先に帰っちゃったよ。

田中先生的話，他說是身體不舒服，就先回去了。

9

からすれば、からすると
(1)「從…來看」;(2)「從…立場…來說」

比較

によると、によれば
「據…」、「據…說」、「根據…報導…」

【名詞】＋からすれば、からすると。(1)表示判斷的依據。後項的判斷是根據前項的材料。後項大多是跟判斷、評價、推測相關的表達方式。(2)表示從前項的觀點跟立場，來判斷後項。

例 **あの口ぶりからすると、彼はもうその話を知っているようだ。**
從他的口氣來看，他好像已經知道那件事了。

例 **わが国の立場からすると、この協定は不公平と言わざるを得ない。**
從我國的立場來看，這協定是不公平的。

【名詞】＋によると、によれば。表示消息、信息的來源，或推測的依據。前項常接判斷的依據，例如「判斷、經驗、記憶、想法、見解」等內容語詞。後面常跟著表示傳聞的「そうだ、らしい、ということだ、とのことだ、んだって」之類的詞相呼應。

例 **アメリカの文献によると、この薬は心臓病に効くそうだ。**
根據美國的文獻，這種藥物對心臟病有效。

10

から見ると、から見れば、から見て
「從…來看」;「從…來說」;「根據…來看…的話」;「就算從…來看」

比較

によると、によれば
「據…」、「據…說」、「根據…報導…」

【名詞】＋から見ると、から見れば、から見て。表示判斷的依據、角度。也就是客觀地「從某一立場、觀點來判斷的話」或「從某一個基準、材料來考量的話」之意。後項多接判斷、推測、意見相關的內容。

例 **雲の様子から見ると、日中は雨が降りそうです。**
從雲朵的樣子來看，白天好像會下雨。

【名詞】＋によると、によれば。表示消息、信息的來源，或推測的依據。前項常接判斷的依據，例如「判斷、經驗、記憶、想法、見解」等內容語詞。後面常跟著表示傳聞的「そうだ、らしい、ということだ、とのことだ、んだって」之類的詞相呼應。

例 **みんなの話によると、窓からボールが飛び込んできたそうだ。**
據大家所說，球是從窗戶飛進來的。

4 新日檢實力測驗

問題1　（　　）に入れるのに最もよいものを、1・2・3・4から一つ選びなさい。

1 森林の開発をめぐって、村の議会では（　　）。

1　村長がスピーチした　　2　反対派が多い

3　話し合いが続けられた　　4　自分の意見を述べよう

2 日本酒は、米（　　）造られているのを知っていますか。

1　から　　2　で　　3　によって　　4　をもとに

3 本日の説明会は、こちらのスケジュール（　　）行います。

1　に沿って　　2　に向けて　　3　に応じて　　4　につれて

問題2　つぎの文の＿★＿に入る最もよいものを、1・2・3・4から一つ選びなさい。

4 この薬は、1回に1錠から3錠まで、その時の＿＿＿　＿＿＿　＿★＿　＿＿＿　ください。

1　応じて　　2　痛みに　　3　使う　　4　ようにして

5 「君が入社したの　＿＿＿　＿＿＿　＿★＿　＿＿＿。」
「去年の9月です。」

1　だった　　2　いつ　　3　っけ　　4　って

6 収入も不安定なようだし、＿＿＿　＿＿＿　＿★＿　＿＿＿　、うちの娘を結婚させるわけにはいかないよ。

1　からして　　2　君と　　3　学生のような　　4　服装

5 翻譯與解題

問題 1　（　　）に入れるのに最もよいものを、1・2・3・4 から一つ選びなさい。

問題 1　請從 1・2・3・4 之中選出一個最適合填入（ ）的答案。

1

Answer ❸

森林の開発をめぐって、村の議会では（　　）。

1　村長がスピーチした　　　　2　反対派が多い

3　話し合いが続けられた　　　4　自分の意見を述べよう

關於開發森林的議題，在村會議中（　　）。

1 由村長舉行了演說　　　　2 反對派占多數

3 持續了討論　　　　　　　4 陳述自己的意見吧

「（名詞）をめぐって（巡って）」は（　　）のことについて議論、対立、争いが起こっているというとき。例、

- 親の残した遺産を巡って兄弟は醜い争いを続けた。

「（名詞）をめぐって／圍繞著…」用在針對（　　）的內容進行議論、爭執、爭論的時候。例如：

- 兄弟姊妹為了爭奪父母留下來的遺產而不斷骨肉相殘。

2

Answer ❶

日本酒は、米（　　）造られているのを知っていますか。

1　から　　　2　で　　　3　によって　　　4　をもとに

你知道日本酒（　　）米釀製而成的嗎？

1 是由　　　2 是以　　　3 由　　　4 以…為本

原料を表す受身形。例、

- 日本の醤油は大豆から造られています。

※ 材料を表す受身形の例、

- この寺は木で造られています。

這是表示原料的被動形。例如：

- 日本的醬油是用黃豆釀製而成的。

※ 表示材料的被動形。例如：

- 這間寺院是以木材建造的。

3

Answer **1**

本日の説明会は、こちらのスケジュール（　　）行います。

1　に沿って　　2　に向けて　　3　に応じて　　4　につれて

今天的説明會，將（　　）這份時間表進行。

1 依照　　2 朝著　　3 因應　　4 隨著

「（名詞）に沿って」は、～に合うように、～に従って、という意味。例、

・本校では、年間の学習計画に沿って授業を進めています。

《その他の選択肢》

2「（名詞）に向けて」は、方向や目的地、また対象や目標を表す。例、

・警察は建物の中の犯人に向けて説得を続けた。

・試合に向けて、厳しい練習をする。

3「（名詞）に応じて」は、～に合わせて変える、変わるという意味。例、

・納める税金の額は収入に応じて変わります。

4「（名詞、動詞辞書形）につれて」は、一方が変化すると、もう一方も変化すると言いたいとき。例、

・時間が経つにつれて、気持ちも落ち着いてきた。

「（名詞）に沿って／按照…」表示符合～，遵循～之意。例如：

・本校依循年度學習計劃進行授課。

《其他選項》

選項 2「（名詞）に向けて／向…」表示方向或目的地，也表示對象或目標。例如：

・警察當時向房子裡的犯嫌持續喊話。

・為了比賽而嚴格訓練。

選項 3「（名詞）に応じて／按照…」表示根據～的情況而進行改變、發生變化。例如：

・繳納的稅額依照收入而有所不同。

選項 4「（名詞、動詞辭書形）につれて／隨著…」用於表達一方產生變化，另一方也隨之發生相應的變化時。例如：

・隨著時間過去，心情也平靜下來了。

問題2　つぎの文の＿★＿に入る最もよいものを、１・２・３・４から一つ選びなさい。

問題2　下文的＿★＿中該填入哪個選項，請從１・２・３・４之中選出一個最適合的答案。

4

Answer ❸

この薬は、1回に1錠から3錠まで、その時の＿＿＿ ＿＿＿ ＿★＿ ＿＿＿ ください。

1　応じて　　2　痛みに　　3　使う　　4　ようにして

這種藥的服用方式，請依照當下疼痛的程度，每次吃一粒至最多三粒。

1 依照　　2 疼痛的程度　　3 服用　　4 方式

正しい語順：この薬は、1回に1錠から3錠まで、その時の　2痛みに　1応じて　3使う　4ようにして　ください。

2の「痛み」は形容詞「痛い」を名詞化したもの。「（名詞）に応じて」で、～に合わせて変える、という意味なので、2と1をつなげる。「（動詞辞書形）ようにします」は、そうすることを心掛ける、気をつけてそうする、という意味。3と4をつなげて、これを「ください」の前に置く。

文末が「～てください」であることから、これは医者が患者に薬の使い方を説明していると分かる。

《文法の確認》

「（名詞）に応じて」の例、

・有給休暇の日数は勤続年数に応じて決まります。

正確語順：這種藥的　3服用　4方式，請　1依照　當下　2疼痛的程度，每次吃一粒至最多三粒。

選項２的「痛み／疼痛」是形容詞「痛い／痛」的名詞化用法。「（名詞）に応じて／依照…」表示依據～的情況，而發生變化的意思，由此得知２與１連接。「（動詞辭書形）ようにします／為了…」表示為了使該狀態成立，而留意、小心翼翼的做某事之意。得知３與４連接，並填在「ください／請…」之前。

從句尾的「～てください／請…」得知這是醫生在說明藥物的使用方法。

《確認文法》

「（名詞）に応じて／依照…」的例子。

・有薪年假的日數依年資而定。

5

Answer **1**

「君が入社したの ＿＿＿ ＿＿＿ ＿★＿ ＿＿＿。」
「去年の９月です。」

1　だった　　2　いつ　　3　っけ　　4　って

你進公司……是什麼時候來著？
1 是　　2 什麼時候　　3 來著　　4 X

正しい語順：「君が入社したの　4って　2いつ　1だった　3っけ。」
「入社したの」の「の」は、「こと」や「もの」を言い換えたもの。この場合は「入社したとき」という意味。
4「って」は、あることを話題に取り上げるときの言い方。助詞「は」と同じ。「入社したの」の後に4「って」をつなげる。例、
・ピアノの音っていいね。
・この絵をかいたのって誰？
3「っけ」は文末の表現で、相手に確認したいときの言い方。4と文末の3の間に、2、1を置く。
この文は「君が入社したのはいつでしたか」をくだけた会話文に直したもの。
《文法の確認》
「（普通形）っけ」例、
・A：試験って来週だっけ。
・B：え？今週だよ。

正確語順：你進公司時……1是　2什麼時候　3來著？
「入社したの／你進公司時」的「の」可以跟「こと」或「もの」替換。在這裡是「入社したとき／你進公司時」的意思。
4的「って」用在提起某話題之時。意思與助詞「は」一樣。「入社したの／進公司」的後面要接4「って」。例如：
・鋼琴聲真是優美。
・這幅畫是誰畫的？
3的「っけ／是不是…來著」是置於句尾，用在想與對方進行確認的表現方式。4與句尾的3之間，要填入2、1。
本題是由「你是什麼時候進公司的呢？」改為口語的說法。
《確認文法》
「（[形容詞・動詞]普通形）っけ」，舉例如：
・A：「考試……是下星期嗎？」
・B：「嗄？是這個星期啦！」

6

Answer ❸

収入も不安定なようだし、＿＿＿ ＿＿＿ ＿★＿ ＿＿＿ 、うちの娘を結婚させるわけにはいかないよ。

1　からして　　2　君と　　3　学生のような　　4　服装

你的收入似乎不太穩定，而且從穿著打扮看起來也還像個學生，所以我實在不能同意你和我女兒結婚。

1 從…看起來　　2 你和　　3 像個學生　　4 穿著打扮

正しい語順：収入も不安定なようだし、4服装　1からして　3学生のような　2君と、うちの娘を結婚させるわけにはいかないよ。

1「からして」の前には名詞が来るので、4と1がつながる。「君と娘を結婚…」という文で、4、1、3が2を修飾していると考える。

《文法の確認》

「（名詞）からして」は、重要でない例をあげて、重要な点ももちろんそうだ、という言い方。例、

- 大田さんとは性格が合わないんです。彼女の甘えたようなしゃべり方からして好きじゃありません。

「（動詞辞書形）わけにはいかない」は、理由があってできない、という意味。例、

- これは大切な写真だから、あなたにあげるわけにはいかないんですよ。

正確語順：你的收入似乎不太穩定，而且 1從 4穿著打扮 1看起來 也還 3像個學生，所以我實在不能同意 2你和 我女兒結婚。

由於選項1「からして／從…來看…」前面應接名詞，所以1要連接4。從句意知道要連接「君と娘を結婚…／你和我女兒結婚」，因此4、1、3是用來修飾2。

《確認文法》

「（名詞）からして／從…來看…」用在舉出不重要的例子，表示重要部分當然也是如此的意思。例如：

- 我和大田小姐個性不合，一點都不喜歡她那種撒嬌似的說話方式。

「（動詞辭書形）わけにはいかない／沒有辦法…」表示有原因而無法做某事之意。例如：

- 這是很珍貴的照片，所以實在沒辦法給你喔！

Chapter 02

接続助詞（時の表現）

1 文法闖關大挑戰

文法知多少？請完成以下題目，從選項中，選出正確答案，並完成句子。
《答案詳見右下角。》

1 ご予約（　　）、ご来店ください。
1. の上で　2. の末に

1. の上で：在…之後
2. の末に：經過…最後

2 結婚を決める（　　）、重要なことが一つあります。
1. にあたって　2. において

1. にあたって：在…之時
2. において：在…方面

3 出発（　　）、一言ごあいさつを申し上げます。
1. につけ　2. に際して

1. につけ：每當…就…
2. に際して：在…之際

4 新幹線の開通（　　）、何度も試験運行を行いました。
1. に先立ち　2. に際して

1. に先立ち：預先…
2. に際して：在…之際

5 道路が混雑し（　　）、出発したほうがいい。
1. に先立ち　2. ないうちに

1. に先立ち：事先…
2. ないうちに：在還沒有之前先…

6 あきらめずに実験を続けた（　）、とうとう開発に成功した。
1. 末に　2. あげくに

1. 末に：結果…
2. あげくに：到最後

7 「おやすみなさい」と言ったか言わない（　　）、もう眠ってしまった。
1. かのうちに　2. とたんに

1. かのうちに：剛剛…就…
2. とたんに：剛…就…

8 契約を結び（　　）、工事を開始します。
1. とたんに　2. 次第

1. とたんに：在…同時…
2. 次第：一…立即

9 百点を取る（　　）、お母さんが必ずごほうびをくれる。
1. たびに　2. につけ

1. たびに：每逢…就…
2. につけ：每當…就會…

答案：(1)1 (2)1 (3)2 (4)1 (5)2 (6)1 (7)1 (8)2 (9)1

2 接続助詞（時の表現）總整理

□1 上で
□2 に当たって、に当たり
□3 に際して
□4 に先立ち、に先立つ、に先立って
□5 ないうちに
□6 あげく（に）
□7 末（に、の）
□8 か…ない（かの）うちに
□9 次第
□10 たび（に）

3 文法比較 --- 接続助詞（時の表現）

1

上（で）
「在…之後」、「以後…」、「之後（再）…」

比較

末（に）
「經過…最後」、「結果…」、「結局最後…」

【名詞の；動詞た形】＋上で（の）。表示兩動作間時間上的先後關係。表示先進行前一動作，後面再根據前面的結果，採取下一個動作。前項大多為「確認或手續」相關的語詞。不僅單純表示先做前項再做後項，還強調以前項為條件，才能進行後項的語意。

例 **上司と話し合った上で、結論を出したいと思います。**
我想先跟上司商量之後，再提出結論。

【名詞の】＋末（に）；【動詞た形】＋末（に）。表示花了很長的時間，有了最後的結果，或做最後的決定、判定。是動作、行為等的結果。意味著「某一期間的結束」。書面語。反映出說話人的心情跟印象。後句中常用副詞「結局、ついに、やっと」等。

例 **工事は、長時間の作業のすえ、やっと完了しました。**
工程經過很長的作業時間，最後終於完成了。

2

に当たって、に当たり
「在…的時候」、「當…之時」、「當…之際」

比較

において
「在…」、「在…時候」、「在…方面」

【名詞；動詞辭書形】＋にあたって、にあたり。表示做某重要行動之前，要進行後項。

例 **このおめでたいときにあたって、一言お祝いを申し上げたい。**
在這可喜可賀的時候，我想說幾句祝福的話。

【名詞】＋において。表示某事情成立的時間、地點、範圍、狀況、場面等。

例 **我が社においては、有能な社員はどんどん出世することができます。**
在本公司，有才能的職員都會順利升遷的。

3

に際し（て）
「在…之際」、「當…的時候」

比較

につけ（て）
「每當…就…」、「一…就…」

【名詞；動詞辭書形】＋に際し（て）。表示以某事為契機，也就是動作的時間或場合。可以用在新事態要開始，也可以用在某種事態要結束的情況，重點強調狀態。意思是「在（事情）之前」，跟「…にあたって」近似。有複合詞的作用。是書面語。

例 **チームに加入するに際して、自己紹介をお願いします。**
入隊時請您先自我介紹。

【[形容詞・動詞]辭書形】＋につけ（て）。前接「見る、聞く、考える」等動詞，表示前項是後項的感覺、情緒等的產生條件或起因，後項敘述的是自然產生的事態或感情。所以後項多為「思い出される、感じられる」為等自發性的動作，不接表示意志的詞，如「見る、聞く、行く」

例 **彼の家を訪問するにつけ、昔のことを思い出されます。**
每當到他家去拜訪，就想起以前的事。

4

に先立ち、に先立つ、に先立って
「在…之前，先…」、「預先…」、「事先…」

比較

に際し（て）
「在…之際」、「當…的時候」

【名詞；動詞辭書形】＋に先立ち、に先立つ、に先立って。一般用在敘述在進入主要事情之前，要進行某一附加程序。也就是用在述說做某一動作前應做的事情，後項是做前項之前，所做的準備或預告，重點強調順序。

例 **契約に先立ち、十分に話し合った。**
在締結合同之前，要先充分商量好。

【名詞；動詞辭書形】＋に際し（て）。表示以某事為契機，也就是動作的時間或場合。可以用在新事態要開始，也可以用在某種事態要結束的情況，重點強調狀態。意思是「在（事情）之前」，跟「…にあたって」近似。有複合詞的作用。是書面語。

例 **このイベントを開催するに際して皆様には多大なるご協力をいただきました。**
在舉辦這次的比賽時，得到大家的鼎力相助。

5

ないうちに

「在未…之前，…」、「趁沒…」

比較

に先立ち、に先立つ、に先立って

「在…之前，先…」、「預先…」、「事先…」

【動詞否定形】＋ないうちに。表示在前面的被預測不好的環境、狀態還沒有產生變化的情況下，做後面的動作。含有不知道什麼時候會發生，但從狀況來看，有可能發生前項，所以在前項發生之前，先做後項之意。

例 雨が降らないうちに、帰りましょう。

趁還沒有下雨，回家吧！

【名詞；動詞辭書形】＋に先立ち、に先立つ、に先立って。一般用在敘述在進入主要事情之前，要進行某一附加程序。也就是用在述説做某一動作前應做的事情，後項是做前項之前，所做的準備或預告，重點強調順序。

例 新しい機器を導入するに先立って、説明会が開かれた。

在引進新機器之前，先開説明會。

6

あげく（に）

「到最後」、「，結果…」

比較

うちに

「在…之內」、「趁…時」

【動詞性名詞の；動詞た形】＋あげく（に）。表示事物最終的結果。也就是經過前面一番波折達到的最後結果。前句大都是因為前句，而造成精神上的負擔或是帶來一些麻煩。多用在消極的場合。常跟「いろいろ、さんざん」一起使用。

例 さんざん手間をかけて準備したあげく、失敗してしまいました。

花費多年準備，結果卻失敗了。

【名詞の；形容動詞詞幹な；[形容詞・動詞]辭書形】＋うちに。表示在前面的環境、狀態持續的期間，做後面的動作。跟時間相比，比較著重在狀態的變化。

例 両親が元気なうちに親孝行しましょう。

趁父母還健在時，要好好孝順。

末（に、の）
「經過…最後」、「結果…」、「結局最後…」

比較

あげく（に）
「到最後」、「，結果…」

【名詞の】＋末（に、の）；【動詞た形】＋末（に、の）。表示「經過一段時間，最後…」之意，是動作、行為等的結果。花了很長的時間，有了最後的結果，或做最後的決定、判定。意味著「某一期間的結束」。較不含感情色彩。書面語。

例 **彼は、長い裁判の末に無罪になった。**
他經過長期的訴訟，最後被判無罪。

【動詞性名詞の；動詞た形】＋あげく（に）。表示事物最終的結果。也就是經過前面一番波折達到的最後結果。前句大都是因為前句，而造成精神上的負擔或是帶來一些麻煩。多用在消極的場合。常跟「いろいろ、さんざん」一起使用。

例 **彼は、せっかく大学に入ったのに遊びほうけたあげく、とうとう退学させられた。**
他好不容易才考上大學，卻玩過頭，最後遭退學了。

か…ない（かの）うちに
「剛剛…就…」「一…（馬上）就…」、「還沒…就…」

比較

とたん（に）
「剛…就…」、「剛一…，立刻…」、「…那就…」

【動詞辭書形】＋か＋【動詞否定形】＋ない（かの）うちに。表示前一個動作才剛開始，在似完非完之間，第二個動作緊接著又開始了。或者兩動作幾乎同時發生。

例 **電車が止まるか止まらないかのうちに、ホームから歓呼の声が上がった。**
沒等電車停穩，月台上就爆發出歡呼聲。

【動詞た形】＋とたん（に）。表示前項動作和變化完成的一瞬間，發生了後項的動作和變化。由於說話人當場看到後項的動作和變化，因此伴有意外的語感。

例 **歌手がステージに出てきたとたんに、みんな拍手を始めた。**
歌手一上舞台，大家就拍起手來了。

9

次第（しだい）
「馬上…」、「一…立即」、「後立即…」

比較

とたん（に）
「剛…就…」、「剛一…，立刻…」、「…那就…」

【動詞ます形】＋次第。表示某動作剛一做完，就立即採取下一步的行動。或前項必須先完成，後項才能夠成立。後項不用過去式。跟「するとすぐ」意思相同。

例 バリ島（とう）に着（つ）き次第（しだい）、電話（でんわ）をします。

一到巴里島，馬上打電話給你。

【動詞た形】＋とたん（に）。表示前項動作和變化完成的一瞬間，發生了後項的動作和變化。由於説話人當場看到後項的動作和變化，因此伴有意外的語感。前面要接動詞過去式。後項也大多用過去式。

例 窓（まど）を開（あ）けたとたん、ハエが飛（と）び込（こ）んできた。

剛一打開窗戶，蒼蠅就飛進來了。

10

たび（に）
「每次…」、「每當…就…」、「每逢…就…」

比較

につけ（て）
「一…就…」、「每當…就…」

【名詞の；動詞辭書形】＋たび（に）。表示前項的動作、行為都伴隨後項。也就是一件事如果發生，當時總是會有相同的另一件事發生的意思。

例 あいつは、会（あ）うたびに皮肉（ひにく）を言（い）う。

每次跟那傢伙碰面，他就冷嘲熱諷的。

【[形容詞・動詞]辭書形】＋につけ（て）。前接「見る、聞く、話す、行く」等表示每當看到或想到什麼就聯想到什麼的意思。後項一般是跟感覺、情緒及思考等有關的內容，後項多接「思い出される、感じられる」等。

例 ヨーロッパの映画（えいが）を見（み）るにつけて、現地（げんち）に行（い）ってみたくなります。

每當看到歐洲的電影，就想去當地看看。

4 新日檢實力測驗

問題1　（　　）に入れるのに最もよいものを、1・2・3・4から一つ選びなさい。

1（　　）にあたって、お世話になった先生にあいさつに行った。

1　就職した　　2　就職する　　3　出勤した　　4　出勤する

2 大切なことは、（　　）うちにメモしておいたほうがいいよ。

1　忘れる　　2　忘れている　　3　忘れない　　4　忘れなかった

3 悩んだ（　　）、帰国を決めた。

1　せいで　　2　ところで　　3　わりに　　4　末に

問題2　つぎの文の＿★＿に入る最もよいものを、1・2・3・4から一つ選びなさい。

4 退職は、＿＿＿　＿＿＿　＿★＿　＿＿＿　ことです。

1　上で　　2　考えた

3　よく　　4　決めた

5 大きい病院は、＿＿＿　＿＿＿　＿★＿　＿＿＿　ということも少なくない。

1　何時間も　　2　5分

3　診察は　　4　待たされたあげく

6 同じ場所でも、写真にすると　＿＿＿　＿＿＿　＿★＿　＿＿＿　に見えるものだ。

1　すばらしい景色　　2　次第で

3　カメラマン　　4　の腕

問題1　（　　）に入れるのに最もよいものを、1・2・3・4から一つ選びなさい。

問題1　請從1・2・3・4之中選出一個最適合填入（　）的答案。

1　　Answer ❷

（　　）にあたって、お世話になった先生にあいさつに行った。

1　就職した　　2　就職する　　3　出勤した　　4　出勤する

（　　）的時候，去向承蒙照顧的老師道謝了。

1 找到工作了　　2 找到工作　　3 上班了　　4 去上班

「（名詞・動詞辞書形）にあたって（当たって）」で、「～するとき」という意味を表す。一度だけの特別な場面という気持ち。硬い表現。例、

・会社の設立にあたり、多くの方々からご支援を頂きました。

《その他の選択肢》

4　「出勤」は毎日する日常的なことなので、「出勤に当たって」とは言わない。

「（名詞・動詞辭書形）にあたって／在…的時候」表示「～するとき／做…的時候」之意。含有僅此一次特別之場合的心情。是生硬的表現方式。例如：

・此次成立公司，承蒙諸位的鼎力相助。

《其他選項》

選項4由於「出勤／去上班」是每天進行的日常事務（並非僅此一次特別之場合），因此，沒有「出勤に当たって」這種敘述方式。

2　　Answer ❸

大切なことは、（　　）うちにメモしておいたほうがいいよ。

1　忘れる　　2　忘れている　　3　忘れない　　4　忘れなかった

重要的事，最好趁著還（　　）的時候先記錄下來比較好喔！

1 忘記　　2 正在忘記　　3 沒忘記　　4 當初並沒忘記

「～うちに」は、「変化が起きて、～でなくなる前に」という意味。例、

・温かいうちにお召し上がりください。

←今は温かいスープが、変化して温かくなくなる（冷たくなる）前に、という意味。問題文は、時間が経つと忘れてしまうから、忘れる前に、という

「～うちに／趁…」的意思是在「發生了變化，趁～消失前」之意。例如：

・請趁熱吃。

←意思是，趁著現在這碗湯還是熱的，尚未變成不熱（變涼）之前飲用。題目的意思是可能會隨著時間而淡忘，因此請趁著

意味。「忘れないうちに」と「忘れる前に」「覚えているうちに」はどれも同じ。
接続は「（名詞－の、動詞辞書形／ている形／ない形、い形－い、な形－な）うちに」。

還沒忘記的時候先做。「忘れないうちに／趁著還沒忘記」和「忘れる前に／忘記之前」、「覚えているうちに／趁還記得的時候」這三句的意思都相同。
後面應接上「（名詞の、動詞辭書形・ている形・ない形、形容詞辭書形、形容動詞詞幹な）うちに」。

3

Answer **4**

悩んだ（　　）、帰国を決めた。

1　せいで　　2　ところで　　3　わりに　　4　末に

苦惱了許久，（　　）決定回國了。

1 由於　　2 之際　　3 沒想到　　4 最後

「（動詞た形）末に…」は、いろいろ～した後で、…という結果になったと言いたいとき。例、

・何度も会議を重ねた末に、ようやく結論が出た。

《その他の選択肢》

1「～せいで」は、～の影響で悪い結果になったと言いたいとき。例、

・少し太ったせいで、持っている服が着られなくなってしまった。

2「～ところで」は、もし～ても、という逆接を表す。例、

・僕が注意したところで、あの子は言うことを聞かないよ。

3「～わりに（割に）」は、～から考えられる程度と違う、と言いたいとき。例、

・母は 50 歳という年齢のわりに若く見える。

「（動詞た形）末に…／經過…最後」表示經過各種～，最後得到…的結果之意。例如：

・經過了無數次會議之後，總算得到結論了。

《其他選項》

選項 1「～せいで／都怪…」用於表達由於～的影響而導致不良的結果時。例如：

・都怪胖了一點，現在的衣服都穿不下了。

選項 2「～ところで／就算…也不…」表示即使～也（得不到期許的結果）的逆接用法。例如：

・就算我訓了他，那孩子根本不聽我的話啊！

選項 3「～わりに（割に）／雖然…但是…」用於表達從～跟所想的程度有出入時。例如：

・家母雖是五十歲，但看起來很年輕。

問題2　つぎの文の＿★＿に入る最もよいものを、1・2・3・4から一つ選びなさい。

問題2　下文的＿★＿中該填入哪個選項，請從1・2・3・4之中選出一個最適合的答案。

4

Answer ❶

退職は、＿＿ ＿＿ ＿★＿ ＿＿ ことです。

1 上で　　2 考えた　　3 よく　　4 決めた

關於離職這件事，我是經過仔細的思考之後才做出了決定。

1 經過　　2 思考之後　　3 仔細的　　4 決定

正しい語順：退職は、3よく　2考えた　1上で　4決めた　ことです。

1「上で」は、～をしてから～をする、という意味。2と4の意味から、2、1、4と分かる。3を2の前に置く。

《文法の確認》

「（動詞た形、名詞 - の）うえで…」は、まず～をした後で、次の行動…をする、

と言いたいとき。

正確語順：關於離職這件事，我是　1經過　3仔細的　2思考之後　才做出了　4決定。

選項1「上で／在…之後」表示先進行～，再做～的意思。從2與4的意思得知順序是2→1→4。而3應該接在2的前面。

《確認文法》

「（動詞た形、名詞の）うえで…／之後（再）…」用於表達先進行前面的～，後面再採取下一個動作做…時。

5

Answer ❸

大きい病院は、＿＿ ＿＿ ＿★＿ ＿＿ ということも少なくない。

1 何時間も　　2 5分　　3 診察は　　4 待たされたあげく

到大醫院就診，在苦等了好幾個鐘頭之後，醫師卻只花5分鐘診療的情況並不罕見。

1 好幾個鐘頭　　2 5分鐘　　3 診療　　4 苦等了…之後

正しい語順：大きい病院は、1何時間も　4待たされたあげく　3診察は　2　5分　ということも少なくない。

意味を考えると、1と2（時間）、3と4（行為）が対になっている。「～あげく」はいろいろした後で、悪い結

正確語順：到大醫院就診，在　4苦等了　1好幾個鐘頭　4之後，醫師卻只花　2　5分鐘　3診療的情況並不罕見。

從意思上來考量，得知表示「時間」的1與2、跟表示「行為」的3與4是成對的。

果になったと言いたいとき。１と４、３と２をつなげる。

《文法の確認》

「（動詞た形、する動詞－の）あげく」。例、

・さんざん道に迷った挙句、元の場所に戻ってしまった。

「～あげく／…到最後」用於表達經過一番波折之後，最後導致不良的結果時。如此一來順序就是１連接４、３連接２。

《確認文法》

「（動詞た形、動詞性名詞の）あげく／…到最後」。例如：

・迷路了老半天，最後還是繞回到了原本的地方。

6

Answer ❷

同じ場所でも、写真にすると ＿＿＿ ＿＿＿ ★ ＿＿＿ に見えるものだ。

1　すばらしい景色　2　次第で　3　カメラマン　4　の腕

即使是在同樣的地方，視攝影師的技術，有時候可以拍出壯觀的風景。

1 壯觀的風景　2 視　3 攝影師　4 的技術

正しい語順：同じ場所でも、写真にすると<u>３カメラマン</u>　<u>４の腕</u>　<u>２次第で</u>　<u>１すばらしい景色</u>　に見えるものだ。

「に見える」の前に１を置く。３、２と続けたくなるが、「腕」は技術という意味なので、３の後に４をつけて、２につなげる。

《文法の確認》

「（名詞）次第だ」は、～によって決まると言いたいとき。例、

・試験の結果次第では、奨学金がもらえるので、がんばりたい。

正確語順：即使是在同樣的地方，<u>２視</u>　<u>３攝影師</u>　<u>４的技術</u>，有時候可以拍出<u>１壯觀的風景</u>。

「に見える／展現出」前面應填入１。接下來雖然想讓３、２相連，但由於「腕／技術」是表示技術的意思，所以３的後面應該連接４，之後再接２。

《確認文法》

「（名詞）次第だ／要看…而定」用於表達全憑～的情況而決定的意思。例如：

・獎學金能否申領，端視考試結果而定，所以我想努力準備。

N3 文法溫一下

（重點）「尊敬的動詞」跟「謙讓的動詞」

日語中除了「です、ます」的鄭重的動詞之外，還有「尊敬的動詞」跟「謙讓的動詞」。尊敬的動詞目的在尊敬對方，用在對方的動作或所屬的事物上，來提高對方的身份；謙讓的動詞是透過謙卑自己的動作或所屬物，來抬高對方的身份，目的也是在尊敬對方。

▶ **一般動詞和敬語的動詞對照表**

一般動詞	尊敬的動詞	謙讓的動詞
行く	いらっしゃる、おいでになる、お越しになる	伺う、まいる、上がる
来る	いらっしゃる、おいでになる、お越しになる、見える	伺う、まいる
言う	おっしゃる	申す、申し上げる
聞く	お耳に入る	伺う、拝聴する、承る
いる	いらっしゃる	おる
する	なさる	拝見する
見せる		ご覧に入れる、お目にかける
知る	ご存じです	存じる、存じ上げる
食べる	召し上がる	いただく、頂戴する
飲む	召し上がる	いただく、頂戴する
会う		お目にかかる
読む		拝読する
もらう		いただく、頂戴する
やる		差し上げる
くれる	くださる	
借りる		拝借する
着る	召す、お召しになる	
わかる		承知する、かしこまる
考える		存じる

Chapter

03 接続助詞（原因・理由の表現）

1 文法闖關大挑戰

文法知多少？請完成以下題目，從選項中，選出正確答案，並完成句子。
《答案詳見右下角。》

1 留学する（　　）、言葉だけでなくその国の文化も学ぶつもりだ。
1. かぎり　2. 以上は

1. かぎり：在…的範圍內
2. 以上は：既然…

2 大損になってしまった。こうなった（　　）首も覚悟している。
1. 上は　2. 上に

1. 上は：既然…
2. 上に：不僅…，而且…

3 実力のある彼の（　　）、きっと予選を勝ち抜くだろう。
1. ことだから　2. ものだから

1. ことだから：因為是…，所以…
2. ものだから：就是因為…，所以…

4 驚きの（　　）、腰が抜けてしまった。
1. だけに　2. あまり

1. だけに：正因為…
2. あまり：由於過度…

5 些細な（　　）、けんかが始まった。
1. ことだから　2. ことから

1. ことだから：因為是…，所以…
2. ことから：從…來看

6 政府の無策の（　　）、景気がずっと良くならなかった。
1. おかげで　2. せいで

1. おかげで：多虧…
2. せいで：都怪…

7 信じていた（　　）、裏切られたときはショックだった。
1. だけに　2. だけあって

1. だけに：正因為…
2. だけあって：不愧是…

8 保険金を手に入れたい（　　）、夫を殺してしまった。
1. ばかりに　2. だけに

1. ばかりに：就因為…
2. だけに：正因為…

答案：(1)2 (2)1 (3)1 (4)2 (5)2 (6)2
(7)1 (8)1

2 接続助詞（原因・理由の表現）總整理

- □1 以上（は）
- □2 上は
- □3 ことだから
- □4 あまり（に）
- □5 ことから
- □6 せいで、せいだ
- □7 だけに
- □8 ばかりに

3 文法比較 --- 接続助詞（原因・理由の表現）

1

以上（は）
(1)「既然…」；(2)「既然…，就…」

【動詞普通形】＋以上（は）。(1)表示某種決心或責任，後句是根據前面而相對應的決心、義務或奉勸的表達方式；(2)在前句的狀態、身份、立場的情況下，理所當然會有後句的情況。

例 **両親から独立した以上は、仕事を探さなければならない。**
既然離開父母自立更生，就得找工作才行。

例 **夫婦である以上、お互いに助け合うべきだ。**
既然結為夫婦，就應該要互相幫助。

比較

かぎり（では）「在…的範圍內」「就…來説」、「據…調…」

【名詞の；動詞辭書形】＋かぎり（では）。接認知行為動詞如「知る（知道）、見る（看見）、調べる（調查）、聞く（聽説）」等後面，表示憑著自己的知識、經驗等有限的範圍做出判斷，或提出看法。文末多接「ようだ、そうだ、はずだ」等表示推測或判斷的表達方式。

例 **私の知るかぎりでは、彼はまだ独身のはずです。**
據我所知，他應該還是單身的。

2

上は
「既然…」、「既然…就…」

【動詞普通形】＋上は。前接表示某種決心、責任等行為的詞，後續表示必須採取跟前面相對應的動作。後句是説話人的判斷、決定或勸告。

例 **秘密を知った上は、生かしてはおけない。**
既然秘密被知道了，就無法留活口了。

比較

上（に）
「而且…」、「不僅…，而且…」、「在…之上，又…」

【名詞の；形容動詞詞幹な；[形容詞・動詞]普通形】＋上（に）。表示追加、補充同類的內容。也就是前項本來就很充分了，後面還有比前項更甚的情況。用在消極跟積極的評價上。

例 **先生にしかられた上に、トイレ掃除までさせられた。**
不僅被老師罵，還被罰掃廁所。

3

ことだから
「因為是…，所以…」

【名詞の】＋ことだから。表示自己判斷的依據。主要接表示人物或組織相關的詞後面，前項是根據説話雙方都熟知的人物或組織的性格、行為習慣等，做出後項相應的判斷。句尾常用「だろう、に違いない」等推測的表達方式。

例 責任感の強い彼のことだから、役目をしっかり果たすだろう。

因為是責任感強的他，所以一定能完成使命吧！

比較

ものだから
「就是因為…，所以…」

【[名詞・形容動詞詞幹]な；[形容詞・動詞]普通形】＋ものだから。表示原因、理由。常用在因為事態的程度很厲害，因此做了某事。含有對事出意料之外、不是自己願意（沒辦法，自然而然變這樣）等的理由，進行辯白。結果是消極的。

例 このケーキはおいしいものだから、つい食べ過ぎてしまう。

因為蛋糕實在是太好吃了，不小心就吃多了。

4

あまり（に）
(1)「由於過度…」、「因過於…」、「過度…」；(2)「太過於」

【名詞の；動詞辭書形】＋あまり（に）。(1)表示由於前句某種感情、感覺的程度過甚，而有後句的狀態。(2)前項程度太超過了，而導致後項不好的結果。前句表示原因，後句的結果一般是消極的。

例 葬式で、悲しみのあまり、わあわあ泣いてしまった。

葬禮時，由於過度悲傷，而哇哇大哭起來。

例 お酒を飲みすぎたあまりに、動けなくなってしまった。

由於飲酒過度，身體無法動彈。

比較

だけに
(1)「到底是…」、「正因為…」；(2)「正是因為…所以更加…」

【名詞；形容動詞詞幹な；[形容詞・動詞] 普通形】＋だけに。表示原因。(1)表示由於前項的情況，理所當然產生後項相應的結果。後項會有「当然～だ」這樣的推測的結果。(2)正因為前項，理所當然地才有比一般程度更深的後項的狀況。

例 彼は役者としての経験が長いだけに、演技がとてもうまい。

正因為有長期的演員經驗，所以演技棒極了！

例 信じていただけに、裏切られたときはショックだった。

正因為太相信了，所以被他背叛時特別震驚。

5

ことから
（1）「從…來看」；（2）「因為…」、「因此…」

比較

ことだから
「因為是…，所以…」

【名詞である；形容動詞詞幹な；[形容詞・動詞] 普通形】＋ことから。（1）表示判斷的理由。根據前項的情況，來判斷出後面的結果或結論。是說明事情的經過跟理由的句型。（2）由於前項的起因跟由來，而有後項的狀態。

例 ガラスが割れていることから、泥棒が入ったと分かった。

從玻璃碎了一地來看，知道遭小偷闖空門了。

例 この池は亀が多くいることから、「亀の池」とよばれている。

因為這池子有許多烏龜，所以被稱為「龜池」。

【名詞の】＋ことだから。表示自己判斷的依據。主要接表示人物或組織相關的詞後面，前項是根據說話雙方都熟知的人物或組織的性格、行為習慣等，做出後項相應的判斷。句尾常用「だろう、に違いない」等推測的表達方式。

例 主人のことだから、また釣りに行っているのだと思います。

我想我老公一定又去釣魚吧！

6

せいで、せいだ
「由於…」、「因為…的緣故」、「都怪…」

比較

おかげで
「由於…」、「多虧…」、「托…的福」

【名詞の；形容動詞詞幹な；[形容詞・動詞]普通形】＋せいで、せいだ。表示原因。表示發生壞事或會導致某種不利的情況的原因，還有責任的所在。含有責備對方的語意。「せいで」是「せいだ」的中頓形式。

例 あなたのせいで、ひどい目に遭いました。

都怪你，我才會這麼倒霉。

【名詞の；形容動詞詞幹な；形容詞普通形；動詞た形】＋おかげで。表示因為某種原因、理由，而導致良好的結果。但是有時也有嘲諷、諷刺的意思。一般如果是導致不良的結果，就用「せいで」的形式。

例 薬のおかげで、傷はすぐ治りました。

多虧藥效良好，才能馬上治好傷勢。

例 バスにが路上で故障したおかげで、遅刻してしまった。

因為公車在半途中故障，所以遲到了。

7

だけに
「到底是…」、「正因為…，所以更加…」、「由於…，所以特別…」

比較

だけあって
「不愧是…」、「到底是…」、「無怪乎…」

【名詞；形容動詞詞幹な；[形容詞・動詞] 普通形】＋だけに。表示原因。表示正因為前項，理所當然地才有比一般程度更深的後項的狀況。

例 **彼（かれ）は政治家（せいじか）としては優秀（ゆうしゅう）なだけに、今回（こんかい）の汚職（おしょく）は大変残念（たいへんざんねん）です。**

正因為他是一名優秀的政治人物，所以這次的貪污事件更加令人遺憾。

【名詞；形容動詞詞幹な；[形容詞・動詞] 普通形】＋だけあって。表示名實相符，後項結果跟自己所期待或預料的一樣，因而心生欽佩。一般用在積極讚美的時候。副詞「だけ」在這裡表示與之名實相符。前項表示地位、職業之外，也可以表示評價或特徵。

例 **国際交流（こくさいこうりゅう）が盛（さか）んなだけあって、この大学（だいがく）には外国人（がいこくじん）が多（おお）い。**

不愧是積極於國際交流，這所大學外國人特別多。

8

ばかりに
「就因為…」、「都因為…，結果…」

比較

だけに
(1)「到底是…」、「正因為…」；(2)「正是因為…所以更加…」、「由於…，所以特別…」

【名詞である；形容動詞詞幹な；[形容詞・動詞]普通形】＋ばかりに。表示就是因為某事的緣故，造成後項不良結果或發生不好的事情。說話人含有後悔或遺憾的心情。

例 **大学（だいがく）に合格（ごうかく）したいばかりに、問題用紙（もんだいようし）を盗（ぬす）んだらしい。**

聽說他因為太想考上大學了，結果偷了考卷。

【名詞；形容動詞詞幹な；[形容詞・動詞] 普通形】＋だけに。表示原因。(1)表示由於前項的情況，理所當然產生後項相應的結果。也就是「～ので、それにふさわしく」，後項會有「当然～だ」這樣的推測的結果。著重在強調前面的原因。(2)正因為前項，理所當然地才有比一般程度更深的後項的狀況。

例 **この問題（もんだい）は難（むずか）しいだけに、正解率（せいかいりつ）が低（ひく）い。**

這問題到底是太難了，所以答對率很低。

例 **苦労（くろう）しただけに、今回（こんかい）の受賞（じゅしょう）はうれしい。**

正因為辛苦付出了，所以對這次的得獎就更加高興。

問題１　次の文章を読んで、文章全体の内容を考えて、［１］から［２］の中に入る最もよいものを、1・2・3・4の中から一つ選びなさい。

マナーの違い

日本では、人に物を差し上げる場合、「粗末なものですが」と言って差し上げる習慣がある。ところが、欧米人などは、そうではない。「すごくおいしいので」とか、「とっても素晴らしい物です」といって差し上げる。

そして、日本人のこの習慣について、［１］言う。

「つまらないと思っている物を人に差し上げるなんて、失礼だ。」と。

［２］。私は、そうは思わない。日本人は相手のすばらしさを尊重し強調する［３］、自分の物を低めて言うのだ。「とても素晴らしいあなた。あなたに差し上げるにしては、これはとても粗末なものです。」と言っているのではないだろうか。

そして、日本人は逆に欧米の習慣に対して、「自分の物を褒めるなんて」と非難する。

私は、これもおかしいと思う。自分の物を素晴らしいから、おいしいからと言って人に差し上げるのも、相手を素晴らしいと思っているからなのだ。「すばらしいあなた。これは、そんな素晴らしいあなたにふさわしいものですから、［４］。」と言っているのだと思う。

［５］、どちらも心の底にある気持ちは同じで、相手のすばらしさを表現するための表現なのだ。その同じ気持ちが、全く反対の言葉で表現されるというのは非常に興味深いことに思われる。

(注１) 粗末：品質が悪いこと

1

1 そう　　2 こう

3 そうして　　4 こうして

2

1 そう思うか　　2 そうだろうか

3 そうだったのか　　4 そうではないか

3

1 かぎり　　2 あまり

3 あげく　　4 ものの

4

1 受け取らせます　　2 受け取らせてください

3 受け取ってください　　4 受け取ってあげます

5

1 つまり　　2 ところが

3 なぜなら　　4 とはいえ

問題1　次の文章を読んで、文章全体の内容を考えて、[1]から[5]の中に入る最もよいものを、1・2・3・4の中から一つ選びなさい。

問題1　請於閱讀下述文章之後，就整體文章的內容作答第[1]至[5]題，並從1・2・3・4選項中選出一個最適合的答案。

マナーの違い

日本では、人に物を差し上げる場合、「粗末なものですが」と言って差し上げる習慣がある。ところが、欧米人などは、そうではない。「すごくおいしいので」とか、「とっても素晴らしい物です」といって差し上げる。

そして、日本人のこの習慣について、[1]言う。

「つまらないと思っている物を人に差し上げるなんて、失礼だ。」と。

[2]。私は、そうは思わない。日本人は相手のすばらしさを尊重し強調する[3]、自分の物を低めて言うのだ。「とても素晴らしいあなた。あなたに差し上げるにしては、これはとても粗末なものです。」と言っているのではないだろうか。

そして、日本人は逆に欧米の習慣に対して、「自分の物を褒めるなんて」と非難する。

私は、これもおかしいと思う。自分の物を素晴らしいから、おいしいからと言って人に差し上げるのも、相手を素晴らしいと思っているからなのだ。「すばらしいあなた。これは、そんな素晴らしいあなたにふさわしいものですから、[4]。」と言っているのだと思う。

[5]、どちらも心の底にある気持ちは同じで、相手のすばらしさを表現するための表現なのだ。その同じ気持ちが、全く反対の言葉で表現されるというのは非常に興味深いことに思われる。

（注1）粗末：品質が悪いこと

不同的禮儀

在日本，致贈物品時習慣向對方說一句「區區小東西，不成敬意」。但是歐美人士的做法就不同了，他們會告訴對方「這是很好的東西」或是「這是非常高檔的東西」。

並且，歐美人士對於日本人的這種習慣 **1** 認為：

「拿自己覺得沒價值的東西送給別人，實在很失禮。」

2 我並不這麼認為。日本人是為了強調尊崇對方，因而用這樣的說法 **3** 貶低自己的東西。我覺得日本人的言下之意，其實應該是：「您實在了不起！與您的崇高相較，送給您的這件東西只能算是粗製濫造的小東西。」

相反地，日本人也譴責歐美贈禮時的習慣，認為那是「居然自己吹捧自己的東西！」

我認為這種想法也很奇怪。歐美人士之所以把自己口中形容是很高檔、很美味的東西送給人家，就是因為覺得對方是位了不起的人物，所以告訴對方：「您真了不起！這件好東西配得上您的崇高， **4** 。」

5 ，不論是日本人或是歐美人士，二者心底的想法其實都相同，同樣是為了表示對方的崇高。同樣的思惟，卻使用完全相反的話語來表達，我認為這相當值得深究。

（注 1）粗末：品質不佳。

1

Answer ❷

1　そう　　2　こう　　3　そうして　　4　こうして

| 1 那樣　2 如此　3 於是　4 就這樣

1 の指す部分は次の行の「つまらないと…失礼だ」。直後にあることから、近くを指す「こう」が正解。「こう」は「このように」と同じ。「こうして」は「このようにして」の略で、動作を指すことばなので、間違い。

1 所指的是下一行的「つまらないと…失礼だ／沒價值的～實在很失禮」這一部分。由於是緊接在後面，知道正確答案應該是指近處的「こう／如此」。「こう」跟「このように／如前所述」意思相同。而「こうして／就這樣」是「このようにして／像這樣做」的簡略說法，由於是指動作的語詞，所以不正確。

2

Answer ❷

1　そう思うか　　2　そうだろうか
3　そうだったのか　　4　そうではないか

| 1 這樣想嗎　2 是這樣嗎　3 原來是這樣　4 難道不是嗎

次の文で「私はそうは思わない」とある。反対意見を主張するとき、まず「そうだろうか」と聞き手に問いかけてから「いや、そうではない」と結論を述べる言い方がある。これはその例。

接下來的句子是「私はそうは思わない／我並不這麼認為」。這是用在敘述相反意見時，先詢問聽話者「そうだろうか／是這樣嗎」，然後得出「いや、そうではない／不，並非如此」這一結論的用法。此為其例。

3

Answer ❷

1 かぎり	2 あまり	3 あげく	4 ものの
1 只要	2 刻意	3 到最後	4 儘管是

3 の前後の文の関係をみると、順接（だから、それで）などであることが分かる。2「～あまり」は、とても～ので、という意味。後には、だから普通とは違う結果になった、という意味の文が来る。

《その他の選択肢》

1「かぎり」は、限定。例、

・ここにいる限り、あなたは安全です。

3「あげく」は、悪い結果。例、

・体を壊したあげく、会社を辞めた。

4「ものの」は、逆接。例、

・大学を卒業したものの、仕事がない。

從 3 前後文的關係來看，得知答案要的是順接像「だから／因此、それで／所以」等詞。2的「～あまり／由於過度…」表示因為程度過於～之意。後面應接導致跟一般結果不同的內容。

《其他選項》

選項1「かぎり／只要…」表示限定。例如：

・只要待在這裡，可以保證你的安全。

選項3「あげく／…到最後」表示負面的結果。例如：

・不僅失去了健康，到最後也只能向公司遞了辭呈。

選項4「ものの／儘管…卻…」表示逆接。例如：

・儘管大學畢業了，卻找不到工作。

4

Answer ❸

1 受け取らせます	2 受け取らせてください
3 受け取ってください	4 受け取ってあげます

1 X	2 請容我收下	3 請您收下	4（看你可憐）那我就收了吧

人に物を差し上げるときのことばを答える。「受け取る」の主語は「あなた」。

《その他の選択肢》

1「～せる」は使役形。例、

・子供を塾に行かせます。

這裡要回答的是敬獻給對方物品之時所說的詞語。「受け取る／收下」的主語是「あなた／您」。

《其他選項》

選項1「～せる／讓…」是使役形。例如：

・我讓孩子上補習班。

2「～せてください」は、使役形を使って、自分がしたいことを頼むときの言い方。例、

・私も勉強会に参加させてください。

4「～てあげます」は、自分が相手のためにすることを強調する言い方。例、

・はい、どうぞ。忙しそうだから、コピーしておいてあげましたよ。

選項2「～せてください／請讓…做…」以使役形來請對方允許自己做某事的說法。例如：

・請讓我也加入讀書會。

選項4「～てあげます／（為他人）做…」強調自己為對方做某事的說法。例如：

・來，這給你。看你很忙的樣子，所以幫你影印好囉！

5

Answer ❶

1　つまり	2　ところが	3　なぜなら	4　とはいえ
1 亦即	2 然而	3 因為	4 話說回來

「どちらも」で始まる文を読むと、上の文をまとめる内容であることが分かる。「つまり」は、それまで述べたことを別のことばで言いかえてまとめるときの副詞。

看到以「どちらも／不論」開始的句子，得知內容應為總結上文的內容。「つまり／亦即」是到此為止所敘述的事情，以換句話說來總結的副詞。

Chapter

04 接続助詞（条件の表現）

1 文法闖關大挑戰

文法知多少？請完成以下題目，從選項中，選出正確答案，並完成句子。
《答案詳見右下角。》

1 北海道(ほっかいどう)（　　）、函館(はこだて)の夜景(やけい)が有名(ゆうめい)ですね。
1. といえば　2. とすれば

1. といえば：說到…
2. とすれば：如果…

2 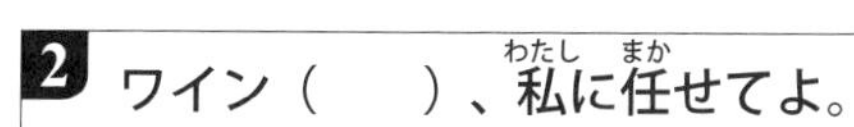
ワイン（　　）、私(わたし)に任(まか)せてよ。
1. といえば
2. ときたら

1. といったら：提起…
2. ときたら：要說

3 息子(むすこ)は、さっき学校(がっこう)から帰(かえ)った（　　）、もう遊(あそ)びに出(で)かけていった。
1. かと思(おも)うと　2. とたんに

1. かと思うと：剛一…就…
2. とたんに：剛…就…

4 面(めん)と向(む)かって言(い)える（　　）、言(い)ってみなさい。
1. ものなら　2. ものだから

1. ものなら：如果能…就…
2. ものだから：都是因為…

5 きちんと謝罪(しゃざい)し（　　）、君(きみ)を許(ゆる)さない。
1. ないかぎり　2. ないうちに

1. ないかぎり：如果不…
2. ないうちに：趁沒…

6 まず付(つ)き合(あ)ってみ（　　）、どんな人(ひと)か分(わ)かりません。
1. からといって　2. ないことには

1. からといって：即使…也不能…
2. ないことには：如果不…就…

7 細(こま)かい問題(もんだい)（　　）、双方(そうほう)は概(おおむ)ね合意(ごうい)に達(たっ)しました。
1. はもとより　2. を抜(ぬ)きにして

1. はもとより：不用說…
2. を抜きにして：除掉…

8 おすしは、わさび（　　）お願(ねが)いします。
1. 抜(ぬ)きで　2. に先立(さきだ)ち

1. 抜きで：省略…
2. に先立ち：事先…

9 病気(びょうき)になったの（　　）、人生(じんせい)を振(ふ)り返(かえ)った。
1. をきっかけに　2. をもとにして

1. をきっかけに：以…為契機
2. をもとにして：依據…

10 政権交代(せいけんこうたい)（　　）、さまざまな改革(かいかく)が進(すす)められている。
1. を契機(けいき)に　2. にあたって

1. を契機に：以…為契機
2. にあたって：在…之時

答案:(1)1 (2)2 (3)1 (4)1 (5)1 (6)2 (7)2 (8)1
(9)1 (10)1

2 接続助詞（条件の表現）總整理

□1 といえば
□2 ときたら
□3 （か）と思うと、（か）と思ったら
□4 ものなら
□5 ない限り
□6 ないことには
□7 は抜きにして
□8 抜きで、抜きに、抜きの、抜きには
□9 をきっかけに（して）、をきっかけとして
□10 を契機に（して）、を契機として

3 文法比較 --- 接続助詞（条件の表現）

といえば
「談到…」、「提到…就…」、「說起…」等，或不翻譯

比較

とすれば
「假設…的話」、「如果…的話…」

【名詞】＋といえば。用在承接某個話題，從這個話題引起自己的聯想，或對這個話題進行說明。也可以說「というと」（提到）。

例 **日本の映画監督といえば、やっぱり黒澤明が有名ですね。**
說到日本電影的導演，還是黑澤明有名吧。

【名詞だ；形容動詞詞幹だ；[形容詞・動詞]普通形】＋とすれば。表示順接的假定條件。後項中多包含表示判斷、推測和疑問的表達方式。比「とすると」更為主觀的判斷或評價。後項表示意志、請求的語詞時，只能用「としたら」。

例 **この中から一つ選択するとすれば、私は赤いのを選びます。**
如果要我從中選一個的話，我會選紅色的。

2

ときたら
(1)「提到…」、「說起…」；(2)「說到…」、「要說…」

比較

といえば
「談到…」、「提到…就…」、「說起…」等，或不翻譯

【名詞】＋ときたら。(1)表示提起一個話題，後項對這一話題的敘述或評價。這話題對説話人來説，是身邊的。後項多帶有不滿、責備、自嘲等負面評價；(2)前項提出一個極端事例，後項是與其相適應的措施。也就是在這種場合和狀況下，還是這樣為好。

例 **二階の学生ときたら、毎日夜遅くまで騒いで。困ったものです。**
說到二樓的學生，每天晚上都要吵到三更半夜。真叫人頭痛。

例 **魚料理ときたら、やっぱり白ワインでなくちゃ。**
說到魚料理，還是得配白酒喝。

【名詞】＋といえば。用在承接某個話題，從這個話題引起自己的聯想，或對這個話題進行說明。也可以説「というと」（提到）。

例 **富士山といえば、なんといっても桜だ。**
說到富士山，就想到櫻花。

3

（か）と思うと、（か）と思ったら
「剛一…就…」、「剛…馬上就…」

比較

とたん（に）
「剛…就…」、「剛一…，立刻…」、「…那就…」

【動詞た形】＋（か）と思うと、（か）と思ったら；【名詞の；動詞普通形；引用文句】＋（か）と思うと、（か）と思ったら。表示前後兩個對比的事情，在短時間內相繼發生，後面接的大多是説話人意外和驚訝的表達。

例 **さっきまで泣いていたかと思ったら、もう笑っている。**
剛剛才在哭，這會兒又笑了。

【動詞た形】＋とたん（に）。表示前項動作和變化完成的一瞬間，發生了後項的動作和變化。由於説話人當場看到後項的動作和變化，因此伴有意外的語感。

例 **疲れていたので、ベットに入ったとたんに、眠ってしまった。**
因為太累了，一上床就立刻睡著了。

4

ものなら
「如果能…的話」、「要是能…就…吧」

比較

ものだから
「就是因為…，所以…」

【動詞可能形】＋ものなら。(1)前接包含可能意義的動詞，表示對辦不到的事的假定。如果前項可能的話，就進行後項。說話人認為前項是不可能的，但卻期待這前項的事物。(2)用「…ものなら、…てみろ（てみなさい）」的形式，說話人認為對方絕對辦不到，帶著向對方挑戰，且僥倖期待的心情，放任對方去做。口語中常說成「もんなら…」

例 **昔（むかし）に戻（もど）れるものなら戻（もど）りたい。**

如果能回到過去，真想回去。

例 **トップの成績（せいせき）になれるものなら、なってみろよ。**

成績能考第一的話，你就考考看啊！

【[名詞・形容動詞詞幹]な；[形容詞・動詞]普通形】＋ものだから。表示原因、理由。常用在因為事態的程度很厲害，因此做了某事。含有對事出意料之外、不是自己願意等的理由，進行辯白。結果是消極的。

例 **足（あし）がしびれたものだから、立（た）てなかった。**

因為腳麻，所以站不起來。

5

ない限（かぎ）り
「除非…，否則就…」、「只要不…，就…」

比較

ないうちに
「在未…之前，…」、「趁沒…」

【動詞否定形】＋ない限り。表示只要某狀態不發生變化，結果就不會有變化。含有如果那樣做了，就會有好結果的語氣。後項多跟「できない、わけがない、無理だ」等表示否定、不可能、困難的表達方式。經常以「よほどのことがない限り」等慣用的形式使用。

例 **犯人（はんにん）が逮捕（たいほ）されない限（かぎ）り、私（わたし）たちは安心（あんしん）できない。**

只要沒有逮捕到犯人，我們就無法安心。

【動詞否定形】＋ないうちに。表示在前面的被預測不好的環境、狀態還沒有產生變化的情況下，做後面的動作。含有不知道什麼時候會發生，但從狀況來看，有可能發生前項，所以在前項發生之前，先做後項之意。

例 **値（ね）が上（あ）がらないうちに、マンションを買（か）った。**

乘還沒有漲價之前，趕快買房子。

6

ないことには
「要是不…」；「如果不…，就…」

比較

からといって
（1）「（不能）僅因…就…」、「即使…，也不能…」等；（2）「說是（因為）…」

【動詞否定形】＋ないことには。（1）表示如果不實現前項，也就不能實現後項。要實現後項，前項是第一必要的條件。含有，前項不成立的話，後項就沒辦法開始，或沒有辦法進行下一階段的語意。句尾接否定的形式。常接「～てみる」的形式。（2）表示，沒有變成前項的狀態，就會變成後項的狀態。後項一般是消極的、否定的結果。

例 **自分でやってみないことには、何ともいえない。**

如果自己不先做做看，是無法下定論的。

例 **はやく保護しないことには、この動物は絶滅してしまいます。**

如果盡快不加以保護，這種動物將瀕臨絕種。

【[名詞・形容動詞詞幹]だ；[形容詞・動詞] 普通形】＋からといって。（1）表示不能僅僅因為前面這一點理由，就做後面的動作。大多是對對方的批評或規勸，也用在對事實關係上的注意或訂正。後面接否定的表達方法。（2）表示引用別人陳述的理由。

例 **誰も見ていないからといって、勝手に持っていってはだめですよ。**

即使沒人看到，也不能高興拿就拿走啊！

例 **用事があるからといって、彼女は早々に退社した。**

說是有事，她早早就下班了。

は抜きにして
「除去…」、「免去…」

比較

はもとより
「不用說…就連…也」

【名詞】＋は抜きにして。「抜き」是「抜く」的名詞形。表示去掉某一事項，做後面的動作。

例 **挨拶は抜きにして、本題に入りましょう。**

不用客套了，就直接進入主題吧！

【名詞】＋はもとより。表示前項自不用說，後項也不例外。相當於「はもちろん」的意思。

例 **本人はもとより、家族にとっても迷惑な話だ。**

不用說本人，就連家人也會感到困擾的。

8

抜きで、抜きに、抜きの、抜きには

「省去…」、「如果沒有…」

比較

に先立ち、に先立つ、に先立って

「在…之前，先…」

【名詞】＋抜きで、抜きに、抜きの、抜きには。表示除去或省略一般應該有的部分。把原本裡面有的東西取出來，沒有放入本來裡面有的東西。用在強調這種特殊的場合。

例 前置きは抜きで、ただちに本題に入りましょう。

我們省去開場白，立即進入主題吧！

【名詞；動詞辭書形】＋に先立ち、に先立つ、に先立って。一般用在敘述在進入主要事情之前，要進行某一附加程序。

例 面接に先立ち、会社説明会が行われた。

面試前，先舉行公司説明會。

9

をきっかけに（して）、をきっかけとして

「以…為契機」、「自從…之後」

比較

をもとに（して）

「以…為根據」、「以…為參考」、「在…基礎上」

【名詞；[動詞辭書形・動詞た形]の】＋をきっかけに（して）、をきっかけとして。表示某事產生的原因、機會、動機等。

例 2月の下旬に再会したのをきっかけにして、二人は交際を始めた。

自從2月下旬再度重逢之後，兩人便開始交往。

【名詞】＋をもとに（して）。表示將某事物做為啟示、根據、材料、基礎等。後項的行為、動作是根據或參考前項來進行的。

例 彼女のデザインをもとに、青いワンピースを作った。

以她的設計為基礎，裁製了藍色的連身裙。

10

を契機に（して）、を契機として

「趁著…」、「自從…之後」、「以…為動機」

比較

にあたって、にあたり

「在…的時候」、「當…之時」、「當…之際」

【名詞；[動詞辭書形・動詞た形]の】＋を契機として、を契機に（して）。表示某事產生或發生的原因、動機、機會、轉折點。

例 子どもが誕生したのを契機として、煙草をやめた。

自從生完小孩，就戒了煙。

【名詞；動詞辭書形】＋にあたって、にあたり。表示做某重要行動之前或同時，要進行後項。也就是某一行動，已經到了事情重要的階段。可用在新事態的開始或結束的情況。

例 社長を説得するにあたって、慎重に言葉を選んだ。

説服社長的時候，措辭要很謹慎。

4 新日檢實力測驗

問題1　（　　）に入れるのに最もよいものを、1・2・3・4から一つ選びなさい。

1 秋は天気が変わりやすい。黒い雲で空がいっぱいになった（　　）、今は真っ青な空に雲ひとつない。

1　うちに　　2　際に　　3　かと思ったら　　4　のみならず

2 あの姉妹は双子なんです。ちょっと見た（　　）では、どっちがどっちか分かりませんよ。

1　くらい　　2　なんか　　3　とたん　　4　ばかり

3 A:「このドラマ、おもしろいよ。」
B:「ドラマ（　　）、この間、原宿で女優の北川さとみを見たよ。」

1　といえば　　2　といったら　　3　とは　　4　となると

4 飛行機がこわい（　　）が、事故が起きたらと思うと、できれば乗りたくない。

1　わけだ　　2　わけがない　　3　わけではない　　4　どころではない

5 もう一度やり直せるものなら、（　　）。

1　本当に良かった　　2　もう失敗はしない
3　絶対に無理だ　　4　大丈夫だろうか

問題2　つぎの文の＿★＿に入る最もよいものを、1・2・3・4から一つ選びなさい。

6 母が亡くなった。優しかった ＿＿ ＿＿ ＿★＿ ＿＿ 戻りたい。

1　母と　　2　子供のころに　　3　戻れるものなら　　4　暮らした

5 翻譯與解題

問題 1　（　　）に入れるのに最もよいものを、1・2・3・4から一つ選びなさい。
問題 1　請從 1・2・3・4 之中選出一個最適合填入（　）的答案。

1　　Answer ❸

秋は天気が変わりやすい。黒い雲で空がいっぱいになった（　　）、今は真っ青な空に雲ひとつない。

1　うちに　　2　際に　　3　かと思ったら　　4　のみならず

秋季天氣多變。（　　）還烏雲密布，現在又是萬里無雲的晴空了。
1 趁…的時候　　2 之際　　3 前一刻　　4 不僅如此

「（動詞た形）かと思ったら」は、～の後すぐに、次のことや大きな変化が起こる様子を表す。例、

・息子は学校から帰ったかと思ったら、かばんを置いて公園へ走って行きます。

《その他の選択肢》

1「うちに」は次の二つの意味がある。

①～でなくなる前に。例、

・もう夕方ですね。明るいうちに帰りましょう。

②～している間に変化する。例、

・本を読んでいるうちに、眠っていた。

2「際に」は、～ときに、という意味の硬い言い方。例、

・チケットはご入場の際に確認させて頂きます。

4「のみならず」は、だけでなくもっと、と言いたいとき。例、

・最近では中高生のみならず、小学生もスマートフォを持っているようだ。

「（動詞た形）かと思ったら／剛…馬上就…」表示剛～之後馬上，接下來的事情有令人意外的巨大變化的樣子。例如：

・兒子才剛放學回來，馬上書包就一放跑去公園了。

《其他選項》

選項1「うちに／趁…的時候」有下面的兩個意思。

①趁著～消失前。例如：

・已經傍晚了呢。趁著天色還沒暗，回家吧。

②在～的期間發生變化。例如：

・書讀著讀著，就睡著了。

選項2「際に／…時」意思是～的時候。說法比較生硬。例如：

・門票請於入場時出示。

選項4「のみならず／不僅…，也…」用於表達不僅限於某範圍，還有更進一層的情況時。例如：

・最近似乎不僅中學生和高中生，連小學生也有智慧型手機了。

2

Answer ❶

あの姉妹は双子なんです。ちょっと見た（　　）では、どっちがどっちか分かりませんよ。

1　くらい　　2　なんか　　3　とたん　　4　ばかり

那對姊妹是雙胞胎。如果（　）稍微看一眼，根本沒辦法分辨出誰是誰嘛！
1 只是　　2 哪能　　3 一旦　　4 單是

「（名詞、動詞・形容詞の普通形）くらい、ぐらい」で、程度が軽いと考えていることを表す。例、

・いくら忙しくても、電話くらいできるでしょう。

《その他の選択肢》

２「～なんか」は、価値が低い、大切ではないと考えていることを表す。例、

・あの人のことなんか、とっくに忘れました。

３「～とたん（に）」は、～した直後に、という意味。例、

・女の子はお母さんの姿を見たとたん、泣き出した。

４「～ばかり（だ）」は、悪い方向に変化が進んでいく様子を表す。例、

・労働条件は悪くなるばかりだ。

「（名詞、動詞普通形、形容詞普通形）くらい、ぐらい／一點點」表示覺得程度輕微。例如：

・再怎麼忙，總能抽出一點時間打一通電話吧？

《其他選項》

選項２「～なんか／怎麼會…」表示覺得價值低廉，微不足道的心情。例如：

・我早就把那個人忘得一乾二淨了。

選項３「～とたん（に）／剛…就…」表示～之後剎那就～的意思。例如：

・小女孩一看到媽媽出現，馬上哭了出來。

選項４「～ばかり（だ）／越來越…」表示事態朝壞的一方發展的狀況。例如：

・勞動條件愈趨惡化。

3

Answer ❶

A:「このドラマ、おもしろいよ。」
B:「ドラマ（　　）、この間、原宿で女優の北川さとみを見たよ。」

1　といえば　　2　といったら　　3　とは　　4　となると

A：「這部影集很好看喔！」
B：「（　　）影集，我上次在原宿看到了那個女演員北川里美喔！」
1 說到　　2 一提到　　3 所謂　　4 如此一來

「(取り上げることば) といえば」は、話題に出たことばを取り上げて、それに関する別の話をするときの言い方。例、

- A：このドラマ、いいですよ。
- B：ドラマといえば、昨日、駅前でドラマの撮影をしていたよ。

《その他の選択肢》

2「～といったら」は、～ということばからすぐに思いつくことばを言うとき。例、

- 日本の花といったらやはり桜ですね。

3「～とは」は、～ということばを説明するときの言い方。例、

- 「逐一」とは、一つ一つという意味です。

4「～となると」は、～ということになった場合、そうなる、そうする、と言いたいとき。例、

- 沢田さんが海外に赴任となると、ここも寂しくなりますね。

「（提起的話題）といえば／說到…」用在承接某個話題的內容，並由這個話題引起另一個相關話題的時候。例如：

- A：「這齣影集很好看喔！」
- B：「說到影集，昨天有劇組在車站前拍攝喔！」

《其他選項》

選項2「～といったら／提到…」用在從某～的內容，馬上聯想到另一個相關話題的時候。例如：

- 提到日本的花，第一個想到的就是櫻花吧！

選項3「～とは／所謂…」前接～對該內容進行說明定義的用法。例如：

- 所謂「逐一」的意思是指一項接著一項。

選項4「～となると／如果…那就…」表示如果發展到～情況，就理所當然導向某結論、某動作。例如：

- 要是澤田小姐派駐國外以後，這裡就要冷清了呢。

4 Answer ❸

飛行機がこわい（　　）が、事故が起きたらと思うと、できれば乗りたくない。

1　わけだ　　2　わけがない　　3　わけではない　　4　どころではない

（　　）害怕搭飛機，但一想到萬一發生意外，可以的話還是盡量避免搭乘。

1 難怪　　2 不可能　　3 雖不至於　　4 沒那個心情

「できれば（飛行機に）乗りたくない」理由は直前の「事故が起きたらと思うと」。その前の「飛行機がこわい」という理由を否定することばを（　　）に選ぶ。

「（普通形）わけではない」は、特に～ということではないと説明したいときの言い方。例、

・私は映画はほとんど見ないが、映画が嫌いなわけじゃない。時間がないだけなんです。

※「わけではない」は他に、全部～ではないという部分否定の意味で使われる。例、

・大学には行きたいけど、どこでもいいわけではない。

《その他の選択肢》

1「わけだ」は当然そうなる、と言いたいとき。例、

・寒いわけだ。窓が開いてるよ。

2「わけがない」は絶対ない、と言いたいとき。例、

・こんな難しい問題、できるわけがない。

4「どころではない」は次の二つの意味がある。

「盡量避免搭乘（飛機）」的理由，是因為前面的「一想到萬一發生意外」。由此得知答案（　　）要選擇表示否定前面「害怕搭飛機」的理由的語詞。

「（[形容詞・動詞]普通形）わけではない／並不是…」用在想說明並不是特別～的時候。例如：

・我雖然幾乎不看電影，但並不是討厭電影，只是因為沒空。

※「わけではない／並非…」其他還用在表示並非全部～的部分否定的意思。例如：

・雖然想上大學，但並不是隨便哪一所學校都無所謂。

《其他選項》

選項1「わけだ／難怪…」用於表達必然導致這樣的結果時。例如：

・難怪覺得冷，原來窗子開著嘛！

選項2「わけがない／不可能…」用於表達絕對不可能的時候。

例如：這麼難的問題，我怎麼可能會！

選項4「どころではない／何止…；哪裡還能…」有以下兩個意思。

①程度が違う。例、

・彼は日本語が話せるどころではない、日本の大学を卒業している。

②事情があって、～できる状況ではない。例、

・仕事が忙しくて、ゆっくり食事をするどころじゃないんです。

①程度不同。例如：

・他豈止會講日語，人家還是從日本的大學畢業的。

②因某緣由，沒有餘裕做～的情況。例如：

・工作忙得要命，哪有時間慢慢吃飯！

5

Answer ❷

もう一度やり直せるものなら、（　　）。

1　本当に良かった　　2　もう失敗はしない

3　絶対に無理だ　　4　大丈夫だろうか

假如能再給我一次機會，（　　）。

1 真的太好了　　2 這回絕對不再失敗

3 絕對辦不到　　4 不要緊嗎

「（動詞辞書形）ものなら…」は、もし～できるなら…したい、…してほしい、という意味を表す。例、

・生まれ変われるものなら、次は女に生まれたいなあ。

問題文の「もう失敗はしない」は、話す人の決心や希望を表している。

「（動詞辭書形）ものなら…／要是能…就…」表示如果可以～的話，想做…，希望做…之意。例如：

・假如還有來世，真希望可以生為女人啊！

本題的「這回絕對不再失敗」表示說話人的決心跟希望。

問題２　つぎの文の ＿★＿ に入る最もよいものを、１・２・３・４から一つ選びなさい。

問題２　下文的 ＿★＿ 中該填入哪個選項，請從１・２・３・４之中選出一個最適合的答案。

6

Answer ❷

母が亡くなった。優しかった ＿＿＿ ＿＿＿ ＿★＿ ＿＿＿ 戻りたい。

1　母と　　2　子供のころに　3　戻れるものなら 4　暮らした

家母過世了。真希望可以回到和溫柔的媽媽住在一起的孩提時光。

1 和媽媽　2 孩提時光　3 真希望可以回到　4 住在一起

正しい語順：母が亡くなった。優しかった　1母と　4暮らした　2子供のころに　3戻れるものなら　戻りたい。

「子供のころに戻る」と考えて、２と３をつなげる。「優しかった」に続くのは「母」なので、１、４と並べる。この部分は「子供のころ」を修飾している。

《文法の確認》

「（動詞辞書形）ものなら」は、もし～できるなら、という意味。可能を表す動詞が来る。例、

- できるものなら、やってみろ。どうせお前にはできないだろう。

正確語順：家母過世了。3真希望可以回到　1和　溫柔的　1媽媽　4住在一起的　2孩提時光。

從「子供のころに戻る／回到孩提時光」來思量，順序就是２→３。空格前的「優しかった／溫柔的」之後應接「母／家母」，如此一來順序就是１→４。這一部分是用來修飾「子供のころ／孩提時光」的。

《確認文法》

「（動詞辭書形）ものなら／要是能…就…」表示如果能～的話之意。前面要接表示可能的動詞。例如：

- 要是辦得到就試試看啊？反正你根本做不到吧！

（重點）附加形式的「尊敬語」與「謙讓語」

一般動詞也可以跟接頭詞、助動詞、補助動詞結合起來，成為敬語的表達方式。我們又稱為附加形式的「尊敬語」與「謙讓語」。

▶ 附加形式的「尊敬語」與「謙讓語」對照表

尊敬語	(1) 動詞＋（ら）れる、される		
	例	読む	→読まれる
		戻る	→戻られる
		到着する	→到着される
	(2) お＋動詞連用形＋になる／なさる ご＋サ變動詞詞幹＋になる／なさる		
	例	使う	→お使いになる、お使いなさいますか
		出発する	→ご出発になる、ご出発なさいますか
	(3) お＋動詞連用形＋です／だ ご＋サ變動詞詞幹＋です／だ		
	例	休む	→お休みです、お休みだ
		在宅する	→ご在宅です、ご在宅だ
	(4) お＋動詞連用形＋くださる ご＋サ變動詞詞幹＋くださる		
	例	教える	→お教えくださる
		指導する	→ご指導くださる
謙讓語	(1) お＋動詞連用形＋する ご＋サ變動詞詞幹＋する		
	例	願う	→お願いします
		送付する	→ご送付します
	(2) お＋動詞連用形＋いたす／申し上げます ご＋サ變動詞詞幹＋いたす／申し上げます		
	例	話す	→お話いたします、お話申し上げます
		説明する	→ご説明いたします、ご説明申し上げます
	(3) お＋動詞連用形＋いただく／ねがう ご＋サ變動詞詞幹＋いただく／ねがう		
	例	伝える	→お伝えいただきます、お伝えねがいます
		案内する	→ご案内いただきます、ご案内ねがいます

Chapter 05

接続助詞（逆接の表現）

1 文法闖關大挑戰

文法知多少？請完成以下題目，從選項中，選出正確答案，並完成句子。
《答案詳見右下角。》

1 会社(かいしゃ)（　　）、社員(しゃいん)は私(わたし)と妻(つま)の二人(ふたり)だけです。

1. にしても　　2. といっても

1. にしても：就算…也…
2. といっても：雖説…實際上是…

2 最近(さいきん)の財布(さいふ)は、小(ちい)さい（　　）抜群(ばつぐん)の収納力(しゅうのうりょく)があります。

1. ながらも　　2. どころか

1. ながらも：雖然…但是…
2. どころか：何止…

3 祖父(そふ)は体(からだ)は丈夫(じょうぶ)な（　　）、最(さい)近目(きんめ)が悪(わる)くなってきた。

1. とはいえ　　2. ものの

1. とはいえ：雖説…
2. ものの：雖然…可是…

4 一度(いちど)や二度(にど)失敗(しっぱい)した（　　）、自分(じぶん)の夢(ゆめ)を諦(あきら)めてはいけません。

1. からといって　　2. といっても

1. からといって：（不能）僅因…就…
2. といっても：雖説…，但…

5 退職(たいしょく)まで残(のこ)りわずか三ヶ月(さんかげつ)となりましたが、もうすぐ退職(たいしょく)する（　　）、最後(さいご)の日(ひ)まできちんと働(はたら)きます。

1. にしても　　2. としても

1. にしても：就算…也…
2. としても：就算…

6 どんな小(ちい)さな虫(むし)（　　）、命(いのち)を持(も)っているんだよ。

1. にかかわらず　　2. にしろ

1. にかかわらず：無論…
2. にしろ：即使…也…

7 いかなる理由(りゆう)がある（　　）、ミスはミスです。

1. にせよ　　2. にしては

1. にせよ：即使是…
2. にしては：雖説…卻…

8 彼(かれ)はプロのバスケットボール選手(せんしゅ)（　　）、小柄(こがら)だ。

1. だけあって　　2. にしては

1. だけあって：不愧是…
2. にしては：就…而言…

9 速達(そくたつ)で送(おく)った（　　）、到着(とうちゃく)までに2週間(しゅうかん)もかかりました。

1. にもかかわらず
2. もかまわず

1. にもかかわらず：雖然…但是…
2. もかまわず：也不管…

答案：(1)2　(2)1　(3)2　(4)1　(5)1
(6)2　(7)1　(8)2　(9)1

2 接続助詞（逆接の表現）總整理

□1といっても
□2ながら（に、も）
□3ものの
□4からといって
□5にしても
□6にしろ
□7にせよ、にもせよ
□8にしては
□9にもかかわらず

3 文法比較 --- 接続助詞（逆接の表現）

(T-05)

といっても 「雖說…，但…」、「雖說…，也並不是很…」	比較	にしても (1)「就算…，也…」；(2)「即使…，也…」

【名詞；形容動詞詞幹；[名詞・形容詞・形容動詞・動詞]普通形】＋といっても。表示實際上並不像聽話人所想的那樣。承認前項的說法，但同時在後項做部分的修正，或限制的內容，說明實際上程度沒有那麼嚴重。後項多是說話者的判斷。

例 ダイエットといっても、ただ食（た）べないだけじゃないです。

雖說是減重，但也不是什麼都不吃。

【名詞；[形容詞・動詞]普通形】＋にしても。(1)前接人物名詞的時候，表示站在別人的立場推測別人的想法。(2)表示表示即使假設承認前項的事態，並在後項中敘述的事情與預料的不同。

例 彼（かれ）にしても、ここまで腐（くさ）ってるとは思（おも）わないでしょう。

就算是他，也沒想到腐敗到這種程度吧。

例 お互（たが）い立場（たちば）はちがうにしても、助（たす）け合（あ）うことはできます。

各自的立場即使不同，也能互助合作。

2

ながら（に、も）
「雖然…，但是…」、「儘管…」、「明明…卻…」

比較

どころか
「…哪裡還…」、「簡直…」

【名詞；形容動詞詞幹；形容詞辭書形；動詞ます形】＋ながら（に、も）。連接兩個矛盾的事物。表示後項與前項所預想的不同。一般如果是前項的話，不應該有後項，但是確有後項。

例 **子(こ)どもながらも、なかなかよく考(かんが)えている。**

雖然是個小孩，但是想的卻很周到。

【名詞；形容動詞詞幹な；[形容詞・動詞]普通形】＋どころか。（1）表示程度的對比，從根本上推翻前項，並且在後項提出跟前項程度相差很遠，或內容相反的事實。用在當事實跟期待、預料或印象完全不同的時候，強調程度的對比、反差。（2）也用在當期待或預料以否定的形式出現的時候。這時，為了強調後項，而舉出具對比的前項，甚至程度低的前項，並進行否定。

例 **食事(しょくじ)どころか、休憩(きゅうけい)する暇(ひま)もない。**

別說吃飯了，就連休息時間都沒有。

例 **あの人(ひと)は貧乏(びんぼう)どころか、大金(おおがね)持(も)ちですよ。**

那人哪裡窮，簡直是大富翁呢！

3

ものの
「雖然…但是…」

比較

とはいえ
「雖然…但是…」

【名詞である；形容動詞詞幹な；[形容詞・動詞]普通形】＋ものの。表示姑且承認前項，但由此引出的後項的結果卻難以如願或出現相反的情況。有時後項一般是對於自己所做、所說或某種狀態沒有信心，很難實現等的說法。

例 **自分(じぶん)の間違(まちが)いに気付(きづ)いたものの、なかなか謝(あやま)ることができない。**

雖然發現自己不對，但一直沒辦法道歉。

【名詞（だ）；形容動詞詞幹（だ）；[形容詞・動詞]普通形】＋とはいえ。表示逆接轉折。表示先肯定那事雖然是那樣，但是實際上卻是後項的結果。也就是後項的說明，是對前項既定事實的否定或是矛盾。後項一般為說話人的意見、判斷的內容。書面用語。

例 **暦(こよみ)の上(うえ)では春(はる)とはいえ、まだまだ寒(さむ)い日(ひ)が続(つづ)く。**

雖然日曆上已進入春天，但是寒冷的天氣依舊。

4

からといって
（1）「（不能）僅因…就…」；
（2）「說是（因為）…」

比較

といっても
「雖說…，但…」、「雖說…，也並不是很…」

【[名詞・形容動詞詞幹]だ；[形容詞・動詞] 普通形】＋からといって。（1）表示不能僅僅因為前面這一點理由，就做後面的動作。（2）表示引用別人陳述的理由。

例 本が好きだからといって、一日中読んでいたら体に悪いよ。

即使愛看書，但整天抱著書看對身體也不好呀！

例 仕事があるからといって、彼は途中で帰った。

說是有工作，他中途就回去了。

【名詞；形容動詞詞幹；[名詞・形容詞・形容動詞・動詞]普通形】＋といっても。表示承認前項的說法，但同時在後項做部分的修正，或限制的內容，說明實際上程度沒有那麼嚴重。後項多是說話者的判斷。

例 ベストセラーといっても、面白いかどうか分かりません。

雖說是暢銷書，但不知道是否有趣。

5

にしても
(1)「即使…，也」、「就算…，也」；(2)「即使…，也…」

比較

としても
「即使…，也」、「就算…，也…」

【名詞；[形容詞・動詞]普通形】＋にしても。(1)前接人物名詞的時候，表示站在別人的立場推測別人的想法。(2)表示表示即使假設承認前項的事態，並在後項中敘述的事情與預料的不同。

例 彼にしても、まさかうまくいくとは思っていなかっただろう。

即使是他，也沒想到竟然會如此順利吧。

例 明後日は期末試験ですが、テストの直前にしても、ぜんぜん休まないのは体に悪いと思います。

後天就是期末考了，就算是考試當前，完全不休息對身體是不好的。

【名詞だ；形容動詞詞幹だ；[形容詞・動詞]普通形】＋としても。表示假設前項是事實或成立，後項也不會起有效的作用，後項立場及情況也不會有所改變，或者後項的結果，與前項的預期相反。

例 みんなで力を合わせたとしても、彼に勝つことはできない。

就算大家聯手，也沒辦法贏他。

6

にしろ
「無論…都…」、「就算…，也…」、「即使…，也…」

比較

にかかわらず
(1)「不管…都…」、「儘管…也…」；(2)「無論…與否…」

【名詞；形容動詞詞幹；[形容詞・動詞]普通形】＋にしろ。表示退一步承認前項，並在後項中提出跟前面相反或相矛盾的意見。是「にしても」的鄭重的書面語言。也可以說「にせよ」。

例 **体調（たいちょう）は幾分（いくぶん）よくなってきたにしろ、まだ出勤（しゅっきん）はできません。**

即使身體好了些，也還沒辦法去上班。

【名詞；[形容詞・動詞]辭書形/否定形】＋にかかわらず。（1）表示「與這些差異無關，不因這些差異，而有任何影響」的意思。；(2)接兩個表示對立的事物，表示跟這些無關，都不是問題，不受影響。說話者要說的是後項。前接的詞多為意義相反的二字熟語，或同一用言的肯定與否定形式。

例 **人（ひと）は貧富（ひんぷ）にかかわらず、すべて平等（びょうどう）であるべきだ。**

人不分貧富，都應該一律平等。

例 **見（み）る、見（み）ないにかかわらず、ＮＨＫの受信料（じゅしんりょう）は払（はら）わなければならない。**

不管看或不看都得要支付 NKH 的收視費。

7

にせよ、にもせよ
「無論…都…」、「就算…，也…」、「即使…，也…」、「也好…也好…」

比較

にしては
「照…來說…」、「就…而言算是…」、「從…這一點來說，算是…的」、「作為…，相對來說…」

【名詞；形容動詞詞幹である；[形容詞・動詞]普通形】＋にせよ、にもせよ。表示退一步承認前項，並在後項中提出跟前面相反或相矛盾的意見。是「にしても」的鄭重的書面語言。也可以說「にしろ」。

例 **困難（こんなん）があるにせよ、引（ひ）き受（う）けた仕事（しごと）はやりとげるべきだ。**

即使有困難，一旦接下來的工作就得完成。

【名詞；形容動詞詞幹；動詞普通形】＋にしては。表示「按其比例」的意思。也就是跟前項提的標準相差很大，後項結果跟前項預想的相反或出入很大。含有疑問、諷刺、責難及意外的語氣。通常前項是具體性的語詞。

例 **社長（しゃちょう）の代理（だいり）にしては、頼（たよ）りない人（ひと）ですね。**

做為代理社長來講，他不怎麼可靠呢。

8

にしては

「照…來說…」、「就…而言算是…」、「從…這一點來說，算是…的」、「作為…，相對來說…」

【名詞；形容動詞詞幹；動詞普通形】＋にしては。表示「按其比例」的意思。也就是跟前項提的標準相差很大，後項結果跟前項預想的相反或出入很大。含有疑問、諷刺、責難及意外的語氣。通常前項是具體性的語詞。

例 この字（じ）は、子（こ）どもが書（か）いたにしては上手（じょうず）です。

這字出自孩子之手，算是不錯的。

比較

だけあって

「不愧是…」、「到底是…」、「無怪乎…」

【名詞；形容動詞詞幹な；[形容詞・動詞]普通形】＋だけあって。表示名實相符，後項結果跟自己所期待或預料的一樣，因而心生欽佩。一般用在積極讚美的時候。副詞「だけ」在這裡表示與之名實相符。前項表示地位、職業之外，也可以表示評價或特徵。

例 さすが作家（さっか）だけあって、文章（ぶんしょう）がうまい。

不愧是作家，文筆真好。

9

にもかかわらず

「雖然…，但是…」、「儘管…，卻…」、「雖然…，卻…」

【名詞；形容動詞詞幹；[形容詞・動詞]普通形】＋にもかかわらず。表示逆接。後項事情常是跟前項相反或相矛盾的事態。表示很吃驚地認為本來應該是相反的結果或判斷，但卻沒有那樣。也可以做接續詞使用。作用與「（な）のに」近似。

例 彼（かれ）は収入（しゅうにゅう）がないにもかかわらず、ぜいたくな生活（せいかつ）をしている。

他雖然沒有收入，生活卻很奢侈。

比較

もかまわず

「（連…都）不顧…」、「不理睬…」、「不介意…」

【名詞；動詞辭書形の】＋もかまわず。表示對某事不介意，不放在心上。也就是不用顧慮前項事物的現況，以後項為優先的意思。常用在不理睬旁人的感受、眼光等。

例 相手（あいて）の迷惑（めいわく）もかまわず、電車（でんしゃ）の中（なか）で隣（となり）の人（ひと）にもたれて寝（ね）ている。

也不管會造成人家的困擾，在電車上睡倒在鄰座的人身上。

4 新日檢實力測驗

問題1　（　　）に入れるのに最もよいものを、1・2・3・4から一つ選びなさい。

1　ふるさとの母のことが気になりながら、（　　）。

1　たまに電話をしている　　2　心配でしかたがない
3　もう3年帰っていない　　4　来月帰る予定だ

2　いい選手だからといって、いい監督になれる（　　）。

1　かねない　　2　わけではない
3　に違いない　　4　というものだ

3　このワイン、（　　）にしてはおいしいね。

1　値段　　2　高級　　3　材料　　4　半額

4　激しい雨にもかかわらず、試合は（　　）。

1　続けられた　　2　中止になった
3　見たいものだ　　4　最後までやろう

問題2　つぎの文の＿★＿に入る最もよいものを、1・2・3・4から一つ選びなさい。。

5　＿＿＿　＿＿＿　＿★＿　＿＿＿　みんなに勇気を与える存在だ。

1　体に障害を　2　いつも笑顔の　3　彼女は　4　抱えながら

6　人生は長い。＿＿＿　＿＿＿　＿★＿　＿＿＿　よ。

1　からといって　　2　わけではない
3　君の人生が終わった　　4　女の子にふられた

7　久しぶりに息子が帰ってくるのだから、デザートは　＿＿＿　＿＿＿
＿★＿　＿＿＿　食べさせたい。

1　にしても　2　買ってくる　3　料理は　4　手作りのものを

5 翻譯與解題

問題１　（　　）に入れるのに最もよいものを、１・２・３・４から一つ選びなさい。

問題１　請從１・２・３・４之中選出一個最適合填入（ ）的答案。

1　　Answer ❸

ふるさとの母のことが気になりながら、（　　）。

1　たまに電話をしている　　2　心配でしかたがない

3　もう３年帰っていない　　4　来月帰る予定だ

> 心裡雖然放不下故鄉的母親，卻（　　）。
> 1 偶爾打電話給她　2 擔心得不得了　3 已經三年沒回去了　4 預計下個月回去

「～ながら」は、～けれども、～のに、という逆接を表す。例、

・彼が苦しんでいるのを知っていながら、僕は何もできなかった。

問題文では、「母のことが気になっていたのに」という意味につづくものを選ぶ。

「～ながら／儘管…」是雖然～、明明～卻～的逆接用法。例如：

・儘管知道他當時正承受著痛苦的折磨，我卻什麼忙也幫不上。

本題答案要能選出接在「心裡雖然放不下母親，卻…」這一意思後面的選項。

2　　Answer ❷

いい選手だからといって、いい監督になれる（　　）。

1　かねない　　2　わけではない　　3　に違いない　　4　というものだ

> 即使是優秀的運動員，也（　　）就能成為優秀的教練。
> 1 說不定　2 未必　3 肯定是　4 就是這樣

「（普通形）からといって」は、後に部分否定の表現を伴って、「～という理由から予想されることとは違って」という意味。例、

・アメリカで生まれたからといって、英語ができるとは限らない。

「（普通形）からといって／即使…，也不能…」後面伴隨著部分否定的表達方式，表示「（即使）根據～這一理由，也會跟料想的有所不同」之意。例如：

・雖說是在美國出生的，未必就會說英語。

２「わけではない」は、全部～とは言えない、という部分否定を表す表現。

例、

・着物を自分で着るのは難しい。日本人なら誰でも着物が着られるというわけではない。

問題文は、いい選手という理由で、全員がいい監督になれるとは言えない、という意味。

《その他の選択肢》

１「（動詞ます形）かねない」は～という悪い結果になる可能性がある、という意味。例、

・そんな乱暴な運転では、事故を起こしかねない。

選項２「わけではない／並不是…」表示不能說全部都～，是部分否定的表達方式。

例如：

・自己穿和服很不容易，並不是任何一個日本人都懂得如何穿和服。

本題要說的是不能以優秀的運動員為理由，就說所有的人都能成為優秀的教練。

《其他選項》

選項１「（動詞ます形）かねない／說不定將會…」表示有發生～這種不良結果的可能性。例如：

・開車那樣橫衝直撞，說不定會引發交通意外。

3　Answer ❹

このワイン、（　　）にしてはおいしいね。

1　値段　　2　高級　　3　材料　　4　半額

這支紅酒以（　　）來說相當香醇喔。

1 價格　　2 高級　　3 材料　　4 半價

「（名詞、普通形）にしては」は、～から考えると、…は予想外だ、と言いたいとき。例、

・あの子は、小学生にしてはしっかりしている。

問題文は、（　　）にしてはおいしい、と言っているので、（　　）には、おいしいことが予想外となるようなことばが入る。

「（名詞、普通形）にしては／就…而言算是…」用於表達從～來推測，…令人感到預料之外。例如：

・以小學生而言，那孩子十分穩重。

由於題目要說的是就（　　）而言算是相當香醇的，因此（　　）要填入讓這個香醇感到意料之外的詞語。

《その他の選択肢》

1「この値段にしては」なら正解。他に「1000円にしては」など。「～にしては」は具体的な「この値段」や「1000円」などのことばにつくことが多い。

※似た言い方で「～割に」がある。「～割に」は幅のあることばにつく。

例、

- このワイン、値段の割においしいね。

《其他選項》

選項 1 如果改為「この値段にしては／就這一價錢而言算是…」就正確。另外，也可以使用「1000 円にしては／就 1000 圓而言算是…」等形式。「～にしては／就…而言算是…」常接具體的如「この値段」或「1000 円」這樣的內容。

※類似的說法有「～割に／但是相對之下還算…」。「～割に」前接意義較為廣泛的詞語。例如：

- 這支紅酒不算太貴，但很好喝喔！

4

Answer 1

激しい雨にもかかわらず、試合は（　　）。

1 続けられた　2 中止になった　3 見たいものだ　4 最後までやろう

儘管雨勢猛烈，比賽（　　）。

1 仍然持續進行了　2 決定中止了　3 真想見啊　4 持續比到最後吧

「(動詞辞書形) にもかかわらず…」は、～のに、それでも…する、～には影響されないで…する、という意味。例、

- 彼はバイト中にもかかわらず、いつもゲームばかりしている。

問題文の意味を考えると、「激しい雨なのに」に続くのは「試合は続けられた」。

《その他の選択肢》

「～にもかかわらず…」の「…」には予想外の行動や状態を表すことばが続く。3「見たいものだ」（希望）や、4「～やろう」（意向）のような表現は使えない。

「（動詞辭書形）にもかかわらず／雖然…，但是…」表示儘管～，還是做…、不受～影響，做…的意思。例如：

- 他總是不顧自己正在打工，一直打電玩。

從本題的題意來看「激しい雨なのに／儘管雨勢猛烈」之後應該是接「試合は続けられた／仍然持續進行了比賽」。

《其他選項》

「～にもかかわらず…」的「…」之後應該是接表示預料之外的行動或狀態的詞語。不能接選項 3 的「見たいものだ／真想見啊」（表希望）或選項 4 的「～やろう／…吧」（表意向）這樣的用法。

問題2　つぎの文の＿★＿に入る最もよいものを、１・２・３・４から一つ選びなさい。

問題2　下文的＿★＿中該填入哪個選項，請從1・2・3・4之中選出一個最適合的答案。

5

Answer **2**

＿＿　＿＿　＿★＿　＿＿　みんなに勇気を与える存在だ。

1　体に障害を　　2　いつも笑顔の　　3　彼女は　　4　抱えながら

儘管有著身體的不便卻總是面帶笑容的她，帶給大家無比的勇氣。

1 身體的不便　　2 總是面帶笑容的　　3 她　　4 儘管有著

正しい語順：１体に障害を　４抱えながら　２いつも笑顔の　３彼女は　みんなに勇気を与える存在だ。

この文の主語は３「彼女は」で、「彼女は…存在だ」という文。

１「～障害を」に４「抱えながら」をつなげる。「抱える」は、荷物や心配など、持つことが大変なものを持つという意味の動詞。また、４の「ながら」は逆接を表し、１と４で「障害を持っているのに」という意味になる。

３→１→４としたくなるが、そうすると２が入らないので、２の位置を考えて、２→３とつなげてみる。その前に１と４を置く。

《文法の確認》

「（名詞、名詞 - であり、動詞ます形、い形い、な形語幹 - であり）ながら」は、～の状態から予想するのと違うと言いたいとき。～のに、～けれども。例、

- 残念ながら、パーティーは欠席させていただきます。

正確語順：4 儘管有著　1 身體的不便卻　2 總是面帶笑容的　3 她，帶給大家無比的勇氣。

本文的主語是選項 3 的「彼女は／她」，表示「她…存在意義」的句子。

1「～障害を／身體的不便」應後接 4「抱えながら／儘管有著」。「抱える／抱著」具有攜帶行李或承受擔憂等，負擔著難以解決的事物之意涵的動詞。另外，4 的「ながら／儘管…卻…」表示逆接，1 與 4 便成為「儘管有著身體的不便」之意。

雖想以 3 → 1 → 4 這樣的順序來進行排列，但這樣一來就無法填入 2 了，考量 2 的位置，試著將 2 接在 3 之前，前面再填入 1 跟 4。

《確認文法》

「（名詞、名詞であり、動詞ます形、形容詞辭書形、形容動詞詞幹であり）ながら／雖然…但是…」用於表達～的狀態與預想的有所出入之時。～但是，～雖然。例如：

- 很遺憾，請恕無法出席酒會。

6　　Answer **3**

人生は長い。＿＿＿　＿＿＿　＿★＿　＿＿＿　よ。

1　からといって　　　　2　わけではない

3　君の人生が終わった　　　4　女の子にふられた

即使被女子拋棄了也並不表示你的人生就此結束了呀。
1 即使　　2 也並不表示　　3 你的人生就此結束了 4 被女子拋棄了

正しい語順：4女の子にふられた　1からといって　3君の人生が終わった　2わけではない　よ。

1「～からといって」は、～という理由だけでは、予想の通りにはならない、と言いたいとき。例、

・金持ちだからといって幸せとは限らない。

2「わけではない」は、特にそうではないと説明したいとき。「からといって」の後には、「わけではない」「とはいえない」などの部分否定の表現が来ることが多いので、1→2の順であることが分かる。文の意味を考えて、1の前に4を、2の前に3を置く。

「ふられる」は好きな異性に交際を断られること。

《文法の確認》

「(普通形) わけではない」例、

・食べられないわけじゃないんですが、あまり好きじゃないんです。

※「(普通形) わけではない」は、他に部分否定の意味がある。例、

・コーヒーは好きだが、いつでも飲みたいわけじゃない。

正確語順：1即使　4被女子拋棄了　2也並不表示　3你的人生就此結束了　呀。

選項1「からといって／並不是…」用於表達不能僅因為～這一點理由，**推測就**成立了。例如：

・並不是有錢就能得到幸福。

選項2「わけではない／並非…」用在想說明並非特別如此之時。由於「からといって」的後面，大多接「わけではない」、「とはいえない／並不能說…」等部分否定的表現方式，由此得知順序為1→2。從文意考量，1的前面要填入4，2的前面要填入3。

「ふられる／被拋棄」被喜歡的異性拒絕繼續交往之意。

《確認文法》

「（普通形）わけではない／不至於」，例如：

・雖說不至於吞不下去，但不太喜歡吃。

※「（普通形）わけではない／不至於」另外還有部分否定的意思。例如：

・我雖然喜歡咖啡，倒不至於時時刻刻都想喝。

7　　Answer ❸

久しぶりに息子が帰ってくるのだから、デザートは ＿＿＿ ＿＿＿ ＿★＿ ＿＿＿ 食べさせたい。

1　にしても　　2　買ってくる　　3　料理は　　4　手作りのものを

許久沒見面的兒子回來了，所以即使甜點是去外面買的，至少 飯菜希望讓他吃到是我親手做的。

1 即使…至少　　2 是去外面買　　3 飯菜　　4 我親手做的

正しい語順：デザートは　2買ってくる　1にしても　3料理は　4手作りのものを　食べさせたい。

「デザートは」と3「料理は」が対比になっていることに気づく。意味から「食べさせたい」の前に、3、4が置ける。

《文法の確認》

「（名詞、普通形）にしても」は、たとえ～と仮定しても、という意味。

例、

・転勤するにしても日本の国内がいいなあ。

※「～にしても」には、他に「～のは分かるが、でも」という意味がある。

例、

・月末で忙しいにしても、電話くらいできるでしょ。

正確語順：許久沒有碰面的兒子回來了，所以　1即使　甜點　2是去外面買　的，1至少　3飯菜　希望讓他吃到是　4我親手做的。

請留意「デザートは／甜點」與「3料理は／3飯菜」是對比的。從意思得知「食べさせたい／希望讓他吃到」的前面要填入3、4。

《確認文法》

「（名詞、[形容詞・動詞]普通形）にしても／即使…，也…」是就算假設～也～的意思。例如：

・即使要派駐外地，也希望能留在日本國內比較好哪！

※「～にしても／雖說…，但…」另外也有表示「雖然瞭解～，但是」的意思。例如：

・雖說月底很忙，總能抽出時間打一通電話吧？

N3 文法溫一下

五十音順	文法		中譯	讀書計畫
い	いっぽうだ		一直…、不斷地…、越來越…	
う	うちに		趁…、在…之內…	
お	おかげで、おかげだ		多虧…、托您的福、因為…	
	おそれがある		恐怕會…、有…危險	
か	かけ（の）、かける		剛…、開始…；對…	
	がちだ、がちの		容易…、往往會…、比較多	
	から…	からにかけて	從…到…	
		からいうと、からいえば、からいって	從…來說、從…來看、就…而言	
		から（に）は	既然…、既然…，就…	
	かわりに		代替…	
き	ぎみ		有點…、稍微…、…趨勢	
	（っ）きり		只有…；全心全意地…；自從…就一直…	
	きる、きれる、きれない		…完、完全、到極限；充分…、堅決…	
く	くせに		雖然…，可是…、…，卻…	
	くらい…	くらい（ぐらい）はない、ほどはない	沒什麼是…、沒有…像…一樣、沒有…比…的了	
		くらい（だ）、ぐらい（だ）	幾乎…、簡直…、甚至…	
		くらいなら、ぐらいなら	與其…不如…、要是…還不如…	
こ	こそ		正是…、才（是）…；唯有…才…	
	こと…	ことか	多麼…啊	
		ことだ	就得…、應當…、最好…；非常…	
		ことにしている	都…、向來…	
		ことになっている、こととなっている	按規定…、預定…、將…	
		ことはない	用不著…；不是…、並非…；沒…過、不曾…	
さ	さい…	さい（は）、さいに（は）	…的時候、在…時、當…之際	
		さいちゅうに、さいちゅうだ	正在…	
	さえ…	さえ、でさえ、とさえ	連…、甚至…	
		さえば、さえたら	只要…（就）…	
	（さ）せてください、（さ）せてもらえますか、（さ）せてもらえませんか		請讓…、能否允許…、可以讓…嗎？	
使役形	使役形＋もらう、くれる、いただく		請允許我…、請讓我…	
し	しかない		只能…、只好…、只有…	
せ	せい…	せいか	可能是（因為）…、或許是（由於）…的緣故吧	
		せいで、せいだ	由於…、因為…的緣故、都怪…	

Chapter
06 接続助詞（状態・変化の表現）

1 文法闖關大挑戰

文法知多少？請完成以下題目，從選項中，選出正確答案，並完成句子。
《答案詳見右下角。》

1 親に報告する（　　）、二人は結婚届を出してしまった。
1. ことなく　2. 抜きで

1. ことなく：不…（就）…
2. 抜きで：省去…

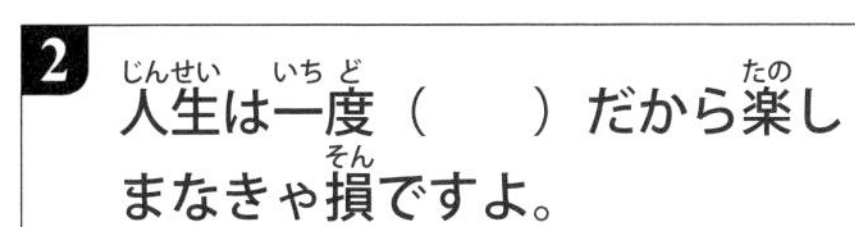

2 人生は一度（　　）だから楽しまなきゃ損ですよ。
1. しか　2. きり

1. しか：只有…
2. きり：只有…

3 彼女とは一度会った（　　）、その後会っていない。
1. きり　2. まま

1. きり（ない）：之後，再也沒有…
2. まま：…著

4 子供が川に落ちたのを見て、警察に連絡する（　）、救助に向かった。
1. 反面　2. 一方

1. 反面：另一面
2. 一方：在…的同時，還…

5 人間は小さな失敗を重ね（　）、成長していくものだ。
1. とともに　2. つつ

1. とともに：…的同時…
2. つつ：…的同時…

6 株価の変動（　　）、配当金も増減する。
1. にともなって　2. とともに

1. にともなって：隨著…
2. とともに：和…一起

7 実力がない人（　）、自慢したがるものだ。
1. ほど　2. に従って

1. ほど：越是…就…
2. に従って：隨著

答案：(1)1 (2)2 (3)1 (4)2 (5)2 (6)1 (7)1

2 接続助詞（状態・変化の表現）總整理

□1 ことなく	□5 つつ、つつも
□2 きり	□6 にともなって
□3 きり…ない	□7 ほど
□4 一方（で）	

3 文法比較 --- 接続助詞（状態・変化の表現）

T-06

1

ことなく

「不…」、「不…（就）…」、「不…地…」

【動詞辭書形】＋ことなく。表示沒有進行前項被期待的動作，就開始了後項的動作。含有原來有做前項的可能性，但並沒有那樣做的意思。

例 **彼(かれ)は一度(いちど)も日本(にほん)の土(つち)を踏(ふ)むことなく、この世(よ)を去(さ)った。**

他一次也沒踏上日本國土，就撒手人寰了。

比較

抜(ぬ)きで、抜(ぬ)きに、抜(ぬ)きの 抜(ぬ)きには、抜(ぬ)きでは

「省去…」、「沒有…」；「如果沒有…」、「沒有…的話」

【名詞】＋抜きで、抜きに、抜きの。「抜きで、抜きに」表示除去或省略一般應該有的部分。把原本裡面有的東西取出來，沒有放入本來裡面有的東西。用在強調這種特殊的場合。

例 **妹(いもうと)は今朝(けさ)は朝食(ちょうしょく)抜(ぬ)きで学校(がっこう)に行(い)った。**

妹妹今天沒吃早餐就去學校了。

きり

(1)「只有…」；(2)「一直…」、「全心全意地…」

比較

しか

「只有…」、「僅有…」

(1)【名詞】＋きり；(2)【動詞ます形】＋きり。(1)接在「一度、一人」等名詞後面，表限定。也就是只有這些的範圍，除此之外沒有其他。與「だけ」意思相同。(2)表示不做別的事，一直做這一件事。

例 **今度は二人きりで、会いましょう。**

下次就我們兩人出來見面吧！

例 **病気の子どもを一ヶ月間つきっきりで看病していました。**

一直守護在生病的孩子身邊一個月，照顧他。

【名詞（＋助詞）】＋しか～ない。表示限定。後接否定，用以提示一件事物而排斥其他事物。有消極的語感。

例 **お弁当は一つしか買いませんでした。**

只買一個便當。

3

きり…ない

「之後，再也沒有…」、「之後就…」

比較

まま

(1)「…著」、「（原封不動）就」；(2)「隨意…」、「任憑…那樣」

【動詞た形】＋きり～ない。表示前項動作完成之後就結束了，預料中應該發生的後項，沒有發生。含有意外的語感。也可以説「これっきり、それっきり、あれっきり」。

例 **兄は出かけたきり、もう５年も帰ってこない。**

哥哥離家之後，已經五年沒回來了。

【名詞の；この／その／あの；形容詞普通形；形容動詞詞幹な；動詞た形；動詞否定形】＋まま。(1)「まま（で）」表示在前項狀態還持續時，進行了後項的動作，或發生了後項的事態。某狀態沒有變化，一直持續著。動詞多接過去式。(2)「まま（に）」表示按前接詞的內容行事。

例 **テレビをつけたまま寝てしまった。**

開著電視就睡著了。

4

一方（で）

「在…的同時，還…」、「一方面…，一方面…」

比較

反面

「另一面」、「相反」

【動詞辭書形】＋一方（で）。(1)表示同一個主語，在做某事的同時，又做另一件事，前項跟後項的行為、狀態是並列成立的。(2)表示兩個完全對立的事物，前項跟後項的行為、狀態是互為矛盾、相反的。

例 **自分の仕事をこなす一方で、部下の面倒も見なければならない。**

一方面要做好自己的工作，另一方面還要照顧部屬。

例 **この薬はよく効く一方で、副作用が強い。**

這個藥很有效，另一方面副作用也很大。

【[形容詞・動詞]辭書形】＋反面；【[名詞・形容動詞詞幹な]である】＋反面。表示同一種事物，同時兼具兩種不同性格的兩個方面。除了前項的一個事項外，還有後項的相反的一個事項。

例 **商社は、給料がいい反面、仕事がきつい。**

貿易公司雖然薪資好，但另一方面工作也吃力。

5

つつ、つつも

(1)「一邊…一邊…」、「…的同時…」；(2)「儘管…」、「雖然…」

比較

とともに

「和…一起」、「…的同時…」、「隨著…」

【動詞ます形】＋つつ、つつも。(1)「つつ」是表示同一主體，在進行某一動作的同時，也進行另一個動作；(2)跟「も」連在一起，表示連接兩個相反的事物。

例 **景色を楽しみつつ、ゆっくり山を登った。**

一邊欣賞風景，一邊慢慢爬山。

例 **彼女は道を間違えたと思いつつも、引き返せないでいた。**

她心裡明明知道走錯路了，卻無法再走回頭路。

【名詞；動詞辭書形】＋とともに。表示後項的動作或變化隨著前項同時進行或發生。接在表示動作、變化的動詞原形或名詞後面。

例 **ビルの建設が進むとともに町の風景も変化した。**

隨著高樓大廈的建設發展，街道的景觀也跟著有所改變。

6

にともなって
「伴隨著…」、「隨著…」、「和…一起…」

比較

とともに
「和…一起」、「…的同時…」、「隨著…」

【名詞；動詞普通形】＋にともなって。表示隨著事物的變化而有後項的變化。前項跟表示程度變化或事物進展的詞，表示自然的變化。前項跟事物的進展、變更、開始的詞語，表示附隨著某件事情發生的事。前項跟後項有時間差。此變化可增可減，沒有一定的方向。

例 世の中の動きに伴って、考え方を変えなければならない。

隨著社會的變化，想法也得要改變。

【名詞；動詞辭書形】＋とともに。表示後項的動作或變化隨著前項馬上進行或發生。「とともに」的變化是有一定的方向的。接在表示動作、變化的動詞原形或名詞後面。

例 スタートの銃声とともに、選手たちは一斉に走り出した。

槍聲一響，選手們一起拔腿往前跑。

7

ほど
(1)「越…越…」；(2)「得」、「得令人」

比較

に従って、に従い
「伴隨…」、「隨著…」

【名詞；形容動詞詞幹な；[形容詞・動詞]辭書形】＋ほど。(1)表示後項隨著前項的變化，而產生程度的變化；(2)用在比喻或舉出具體的例子，來表示動作或狀態處於某種程度。

例 年をとるほど、物覚えが悪くなります。

年紀越大，記憶力越差。

例 お腹が死ぬほど痛い。

肚子痛死了。

【名詞；動詞辭書形】＋に従って、に従い。(1)表示隨著前項的動作或作用的變化，後項也跟著發生相應的變化。(2)前項提出根據或基準，敘述(自己的)意志，或忠告對方。也表示接受指示、命令、規劃，按照其吩咐去做。

例 薬品を加熱するに従って、色が変わってきた。

隨著溫度的提升，藥品的顏色也起了變化。

例 係員の誘導に従って、避難してください。

請依照工作人員的指示，進行避難。

4 新日檢實力測驗

問題1　次の文章を読んで、文章全体の内容を考えて、[1]から[5]の中に入る最もよいものを、1・2・3・4の中から一つ選びなさい。

「読書の楽しみ」

最近の若者は、本を読まなくなったとよく言われる。2009年のOECDの調査では、日本の15歳の子どもで、「趣味としての読書をしない」という人が、44%もいるということである。

私は、若者の読書離れを非常に残念に思っている。若者に、もっと本を読んで欲しいと思っている。なぜそう思うのか。

まず、本を読むのは楽しい[1]。本を読むと、いろいろな経験ができる。行ったことがない場所にも行けるし、過去にも未来にも行くことができる。自分以外の人間になることもできる。自分の知識も[2]。その楽しみを、まず知ってほしいと思うからだ。

また、本を読むと、友達ができる。私は、好きな作家の本を次々に読むが、そうすることで、その作家を知って友達になれる[3]、その作家を好きな人とも意気投合して友達になれるのだ。

しかし、特に若者に本を読んで欲しいと思ういちばんの理由は、本を読むことで、判断力を深めて欲しいと思うからである。生きていると、どうしても困難や不幸な出来事にあう。どうしていいか分からず、誰にも相談できないようなことも[4]。そんなとき、それを自分だけに特殊なことだと捉えず、ほかの人にも起こり得ることだということを教えてくれるのは、読書の効果だと思うからだ。そして、ほかの人たちが[5]その悩みや窮地を克服したのかを参考にしてほしいと思うからである。

（注1）OECD：経済協力開発機構

（注2）意気投合：たがいの気持ちがぴったり合うこと

（注3）窮地：苦しい立場

1

1 そうだ　　2 ようだ
3 からだ　　4 くらいだ

2

1 増える　　2 増やす
3 増えている　　4 増やしている

3

1 ばかりに　　2 からには
3 に際して　　4 だけでなく

4

1 起こった　　2 起こってしまった
3 起こっている　　4 起こるかもしれない

5

1 いったい　　2 どうやら
3 どのようにして　　4 どうにかして

5 翻譯與解題

問題1　次の文章を読んで、文章全体の内容を考えて、[1] から [5] の中に入る最もよいものを、1・2・3・4の中から一つ選びなさい。

問題1　請於閱讀下述文章之後，就整體文章的內容作答第 [1] 至 [5] 題，並從1・2・3・4選項中選出一個最適合的答案。

「読書の楽しみ」

最近の若者は、本を読まなくなったとよく言われる。2009年のOECDの調査では、日本の15歳の子どもで、「趣味としての読書をしない」という人が、44％もいるということである。

私は、若者の読書離れを非常に残念に思っている。若者に、もっと本を読んで欲しいと思っている。なぜそう思うのか。

まず、本を読むのは楽しい [1] 。本を読むと、いろいろな経験ができる。行ったことがない場所にも行けるし、過去にも未来にも行くことができる。自分以外の人間になることもできる。自分の知識も [2] 。その楽しみを、まず知ってほしいと思うからだ。

また、本を読むと、友達ができる。私は、好きな作家の本を次々に読むが、そうすることで、その作家を知って友達になれる [3] 、その作家を好きな人とも意気投合して友達になれるのだ。

しかし、特に若者に本を読んで欲しいと思ういちばんの理由は、本を読むことで、判断力を深めて欲しいと思うからである。生きていると、どうしても困難や不幸な出来事にあう。どうしていいか分からず、誰にも相談できないようなことも [4] 。そんなとき、それを自分だけに特殊なことだと捉えず、ほかの人にも起こり得ることだということを教えてくれるのは、読書の効果だと思うからだ。そして、ほかの人たちが [5] その悩みや窮地を克服したのかを参考にしてほしいと思うからである。

（注1）OECD：経済協力開発機構

（注2）意気投合：たがいの気持ちがぴったり合うこと

（注3）窮地：苦しい立場

〈閱讀的樂趣〉

大家常説現在的年輕人不怎麼看書了。根據 OECD 於 2009 年所做的調查，在日本，高達 44%的 15 歲青少年「未將閱讀視為嗜好」。

我認為年輕人不喜歡閱讀是件很遺憾的事，希望年輕人能夠看更多書。那麼，為什麼我會有這樣的想法呢？

首先，**1** 閱讀充滿了樂趣。我們能從書本中得到各式各樣的經驗——可以去到沒去過的地方，也可以回到過去或是前往未來。我們甚至能夠變成另一個人，還可以藉此 **2** 自己的知識。所以，我期盼年輕人能先體會到這樣的樂趣。

其次，閱讀也能幫我們廣交朋友。若有喜歡的作家，我會逐一閱讀他的著作，透過這樣的方式，**3** 可以讓我了解那位作家，儼然成為他的知音，並且由於和同樣喜歡那位作家的人們志趣相投，從而與他們結為好友。

不過，我尤其盼望年輕人能夠多閱讀的最重要理由是，希望他們能夠透過閱讀來增進自身的判斷力。人生在世，免不了遇上困難或遭逢不幸。**4** 實在不知道該如何是好、也沒有辦法和任何人商量的情況。我認為當面臨這種情況時，之前的閱讀經驗可以告訴你，自己並不是唯一遭遇這種事的人，其他人也會陷於同樣的困境，並且可以拿別人 **5** 克服這種煩惱與窘境的方法當作借鏡。

(注 1) OECD：經濟合作暨發展組織。

(注 2) 意気投合：意氣相投，彼此的志趣十分契合。

(注 3) 窮地：困境。

1 Answer **3**

1 そうだ	2 ようだ	3 からだ	4 くらいだ
1 據說	2 似乎	3 因為	4 頂多

前の文で「なぜそう思うのか」と投げかけている。「まず、」の文は、その投げかけに対して答えを述べている。「なぜ」に対する答え方は「～から」。

前面的文章提出疑問說「なぜそう思うのか／為什麼我會有這樣的想法呢」。這裡以「まず／首先」開頭的句子來回答該提問。而針對「なぜ／為什麼」的提問，回答要用「～から／因為」。

2 Answer **1**

1 増える	2 増やす	3 増えている	4 増やしている
1 增加	2 使增加	3 正在增加	4 正使其增加

本を読むとどうなるか、どう変化するか、ということを説明している文。「知識」を主語として、自動詞「増える」を選ぶ。

這句話在說明，閱讀書籍會有什麼狀況發生，會有什麼變化呢？句子以「知識／知識」為主語，自動詞要選「増える／增加」。

3 Answer **4**

1 ばかりに	2 からには	3 に際して	4 だけでなく
1 就因為	2 既然…就…	3 值此之際	4 不僅

[3] の前には「その作家を知って（その作家と）友達になれる」とあり、後には「その作家を好きな人とも…友達になれるのだ」とある。AだけでなくBも、という形。

《その他の選択肢》

1「ばかりに」は、そのことが原因で、という意味。悪い結果が来る。例、

[3] 之前提到「可以讓我了解那位作家，儼然成為他的知音」，之後提到「和同樣喜歡那位作家的人們…，與他們結為好友」。這裡是「AだけでなくBも／不僅是A而且B也」句型的應用。

《其他選項》

選項1「ばかりに／都是因為…」表示就是因為某事的緣故之意。後面要接不好的

・携帯を忘れたばかりに、友達と会えなかった。

2「からには」は、～のだから当然、という意味。例、

・約束したからには、ちゃんと守ってくださいね。

3「に際して」は、～の時、という意味。例、

・出発に際して、先生に挨拶に行った。

結果。例如：

・只不過因為忘記帶手機，就這樣沒能見到朋友了。

選項２「からには／既然…」表示既然～，理所當然就要的意思。例如：

・既然已經講好了，請務必遵守約定喔！

選項３「に際して／當…的時候」是當～之際的意思。例如：

・出發前去向老師辭行了。

4

Answer **4**

1　起こった　　2　起こってしまった

3　起こっている　　4　起こるかもしれない

| 1 發生了　　2 既然發生了　　3 正在發生　　4 說不定會發生

筆者は「本を読むことで、判断力を深めて欲しい」と言い、人生の状況の例をあげた後で、そう思う理由を述べている。

状況１「生きていると…不幸な出来事にあう」。

状況２「…誰にも相談できないようなことも　**4**　」。

理由「そんなとき、…教えてくれるのは読書の効果だと思うからだ」

4　には、可能性を表す４が入る。

作者提出「希望他們能夠透過閱讀來增進自身的判斷力」，接下來舉出人生的各種情況後，再闡述那樣思考的理由。

情況１「人生在世，免不了遇上困難或遭逢不幸」。

情況２「也沒有辦法和任何人商量的情況　**4**　」。

理由是「我認為當面臨這種情況時，之前的閱讀經驗可以告訴你」。　**4**　要填入表示可能性的４。

5　　　　Answer ❸

1　いったい	2　どうやら	3　どのようにして	4　どうにかして
1 究竟	2 看來	3 如何	4 想辦法

「ほかの人たちが[5]…克服したのかを…」とあり、この部分が疑問文になっていることが分かる。選択肢の中で疑問詞は３のみ。

從文中的「ほかの人たちが[5]…克服したのかを…／別人[5]…克服」這句話得知，這一部分是疑問句。而選項中的疑問詞只有３。

五十音順	文法		中譯	讀書計畫
た	だけ…	だけしか	只…、…而已、僅僅…	
		だけ（で）	只是…、只不過…；只要…就…	
	たと…	たとえても	即使…也…、無論…也…	
		（た）ところ	…，結果…	
		たとたん（に）	剛…就…、剎那就…	
	たび（に）		每次…、每當…就…	
	たら…	たら、だったら、かったら	要是…、如果…	
		たらいい（のに）なあ、といい（のに）なあ	…就好了	
		だらけ	全是…、滿是…、到處是…	
		たらどうですか、たらどうでしょう（か）	…如何、…吧	
つ	ついでに		順便…、順手…、就便…	
	っけ		是不是…來著、是不是…呢	
	って…	って	他說…人家說…；聽說…、據說…	
		って（いう）、とは、という（のは）（主題・名字）	所謂的…、…指的是；叫…的、是…、這個…	
	っぱなしで、っぱなしだ、っぱなしの		…著	
	っぽい		看起來好像…、感覺像…	
て	ていらい		自從…以來，就一直…、…之後	
	てからでないと、てからでなければ		不…就不能…、不…之後，不能…、…之前，不…	
	てくれと		給我…	
	てごらん		…吧、試著…	
	て（で）たまらない		非常…、…得受不了	
	て（で）ならない		…得受不了、非常…	
	て（で）ほしい、てもらいたい		想請你…	
	てみせる		做給…看；一定要…	
と	命令形＋と		引用用法	
	という…	ということだ	聽說…、據說…；…也就是說…、這就是…	
		というより	與其說…，還不如說…	
	といっても		雖說…，但…、雖說…，也並不是很…	
	とおり（に）		按照…、按照…那樣	
	どおり（に）		按照、正如…那樣、像…那樣	
	とか		好像…、聽說…	
	ところ…	ところだった	（差一點兒）就要…了、險些…了；差一點就…可是…	
		ところに	…的時候、正在…時	
		ところへ	…的時候、正當…時，突然…、正要…時，（…出現了）	
		ところを	正…時、…之時、正當…時…	

Chapter 07

副助詞（並立・添加・程度・強調・対比の表現）

1 文法闖關大挑戰

文法知多少？請完成以下題目，從選項中，選出正確答案，並完成句子。
《答案詳見右下角。》

1 彼は酒癖が悪くて、酒を飲んだら泣く（　）わめく（　）大変だ。
1. やら…やら　2. とか…とか

1. やら…やら：…啦…啦
2. とか…とか：…啦…啦

2 ただいま、一日コース（　　）、半日コースも参加者募集中です。
1. の上に　　2. にくわえて

1. の上に：不僅…，而且…
2. にくわえて：而且…

3 旅行したいが、金（　）暇（　）ない。
1. もなければ…も
2. やら…やら

1. もなければ…も：既…又…
2. やら…やら：…啦…啦

4 朝ご飯はご飯（　　　　）、パンも食べます。
1. ばかりでなく　　2. どころか

1. ばかりでなく：不僅…而且…
2. どころか：哪裡還…

5 私が読んだ（　　）、書類に誤りはないようですが。
1. かぎりでは　　2. にかぎって

1. かぎりでは：在…的範圍內
2. にかぎって：只有…

6 忙しいとき（　　）、次から次に問い合わせの電話が来ます。
1. につけ　　2. に限って

1. につけ：每當…就會…
2. に限って：獨獨…

7 あのバンドはアジア（　　　）ヨーロッパでも人気(にんき)があります。

1. のみならず　2. にかかわらず

1. のみならず：不只…
2. にかかわらず：不管…都…

8 最近(さいきん)は忙(いそが)しくて、子(こ)どもと話(はな)す時間(じかん)（　　）ない。

1. にしろ　2. さえ

1. にしろ：就算…，也…
2. さえ：連…

9 40度(ど)（　　）熱(ねつ)が出(で)た。

1. ほど
2. ばかり

1. ほど：…左右
2. ばかり：…左右

10 あの人(ひと)は、厳(きび)しい（　　　）怖(こわ)い。

1. というより　2. にしては

1. というより：與其說…倒不如說是…
2. にしては：就…而言…

11 給食(きゅうしょく)はうまい（　　）、まるで豚(ぶた)の餌(えさ)だ。

1. ことから　2. どころか

1. ことから：由於…
2. どころか：非但…

答案：(1)1　(2)2　(3)1　(4)1　(5)1　(6)2
(7)1　(8)2　(9)1　(10)1　(11)2

2 副助詞（並立・添加・程度・強調・対比の表現）總整理

- □1 やら…やら
- □2 上（に）
- □3 も…ば…も、も…なら…も
- □4 ばかりか、ばかりでなく
- □5 かぎり（では）
- □6 に限って、に限り
- □7 のみならず
- □8 さえ（も）
- □9 ほど、ほどだ
- □10 というより
- □11 どころか

3 文法比較 --- 副助詞（並立・添加・程度・強調・対比の表現）

やら…やら
「啦…啦」、「又…又…」

比較

とか…とか
「啦…啦」、「…或…」

【名詞】＋やら＋【名詞】＋やら、【形容動詞詞幹；[形容詞・動詞]普通形】＋やら+【形容動詞詞幹；[形容詞・動詞]普通形】＋やら。表示從一些同類事項中，列舉出幾項。大多用在有這樣，又有那樣，有時候還真受不了的情況。多有心情不快的語感。

例 近所（きんじょ）に工場（こうじょう）ができて、騒音（そうおん）やら煙（けむり）やらで、悩（なや）まされているんですよ。

附近開了家工廠，又是噪音啦，又是黑煙啦，真傷腦筋！

【名詞；[形容詞・形容動詞・動詞]辭書形】＋とか＋【名詞；[形容詞・形容動詞・動詞]辭書形】＋とか。表示從各種同類的人事物中選出一、兩個例子來說，或羅列一些事物。暗示還有其它。是口語的說法。

例 赤（あか）とか青（あお）とか、いろいろな色（いろ）を塗（ぬ）りました。

或紅或藍，塗上了各種的顏色。

2

上（に）
「而且…」、「不僅…，而且…」、「在…之上，又…」

比較

にくわえ（て）
「而且…」、「加上…」、「添加…」

【名詞の；形容動詞詞幹な；[形容詞・動詞]普通形】＋上（に）。表示追加、補充同類的內容。也就是前項本來就很充分了，後面還有比前項更甚的情況。用在消極跟積極的評價上。

例 **主婦は、家事の上に育児もしなければなりません。**

家庭主婦不僅要做家事，而且還要帶孩子。

【名詞】＋にくわえ（て）。表示在現有前項的事物上，再加上後項類似的別的事物。某件事到此並沒有結束，再加上別的事物。稍有書面語的感覺。

例 **賞金にくわえて、ハワイ旅行もプレゼントされた。**

贈送獎金以外，還贈送了夏威夷旅遊。

3

も…ば…も、も…なら…も
「既…又…」、「也…也…」

比較

やら…やら
「啦…啦」、「又…又…」

【名詞】＋も＋【[形容詞・動詞]假定形】＋ば【名詞】＋も；【名詞】＋も＋【名詞・形容動詞詞幹】＋なら、【名詞】＋も。(1)把類似的事物並列起來，用意在強調。(2)並列對照性的事物，表示還有很多情況。

例 **あのレストランは値段も手頃なら、料理もおいしい。**

那家餐廳價錢公道，菜也好吃。

例 **人生、喜びもあれば苦しみもある。**

人生有樂也有苦。

【名詞】＋やら＋【名詞】＋やら、【形容動詞詞幹；[形容詞・動詞]普通形】＋やら＋【形容動詞詞幹；[形容詞・動詞]普通形】＋やら。表示從一些同類事項中，列舉出幾項。大多用在有這樣，又有那樣，真受不了的情況。多有心情不快的語感。

例 **先月は、家が泥棒に入られるやら、電車で財布をすられるやら、さんざんだった。**

上個月家裡不僅遭小偷，錢包也在電車上被偷，真是悽慘到底！

4

ばかりか、ばかりでなく

「豈止…，連…也…」、「不僅…而且…」

比較

【名詞；形容動詞詞幹な；[形容詞・動詞]普通形】＋ばかりか、ばかりでなく。表示除前項的情況之外，還有後項程度更甚的情況。後項的程度超過前項。「ばかりか」主要表示說話人感嘆或吃驚等的心情或感情。「ばかりでなく…も」還有表示建議、忠告、委託的用法，意思是「只有前項的還不夠，也需要後項」。

例 あの店は、子どもばかりか、私たち大人にまでお菓子をくれた。

那家店不僅是小孩，甚至連我們大人都給糖果。

例 人の批判ばかりでなく、自分の意見も言うようにしてください。

不要老是批評，也請說說自己的意見。

どころか

「哪裡還…」、「非但…」、「簡直…」

【名詞；形容動詞詞幹な；[形容詞・動詞]普通形】＋どころか。（1）表示程度的對比，從根本上推翻前項，並且在後項提出跟前項程度相差很遠，或內容相反的事實。用在當事實跟期待、預料或印象完全不同的時候，強調程度的對比、反差。（2）也用在當期待或預料以否定的形式出現的時候。這時，為了強調後項，而舉出具對比的前項，甚至程度低的前項，並進行否定。

例 貯金どころか、借金ばかりの生活です。

每天都得靠借錢過活，哪裡還能存錢！

例 「企画どうだった？何か問題なかった？」「問題ないどころか、大成功だよ」。

「企畫進行得如何？有問題嗎？」

「何止沒問題，簡直是大成功了」。

5

かぎり（では）

「在…的範圍內」、「就…來說」、「據…調查」

比較

【動詞辭書形；動詞て形＋いる；動詞た形】＋かぎり（では）。接認知行為動詞如「知る、読む、見る、調べる、聞く」等後面，表示憑著自己的知識、經驗等有限的範圍做出判斷，或提出看法。

例 私の知るかぎりでは、彼は最も信頼できる人間です。

據我所知，他是最值得信賴的人。

に限って、に限り

「只有…」、「唯獨…是…的」、「獨獨…」

【名詞】＋に限って、 に限り。表示特殊限定的事物或範圍。說明唯獨某事物特別不一樣。是說話人的想法。

例 忙しいときに限って、このパソコンは調子が悪くなる。

獨獨在忙的時候，這台電腦就老出問題。

6

に限って、に限り

「只有…」、「唯獨…是…的」、「獨獨…」

比較

につけ（て）

「每當…就…」、「一…就…」

【名詞】＋に限って、に限り。表示特殊限定的事物或範圍。説明唯獨某事物特別不一樣。後項多為表示不愉快的內容。

例 **時間に空きがあるときに限って、誰も誘ってくれない。**

獨獨在空閒的時候，沒有一個人來約我。

【[形容詞・動詞]辭書形】＋につけ（て）。前接「見る、聞く、考える」等動詞，表示前項是後項的感覺、情緒等的產生條件或起因，後項敘述的是自然產生的事態或感情。所以後項多為「思い出される、感じられる」為等自發性的動作，不接表示意志的詞，如「見る、聞く、行く」。

例 **この音楽を聞くにつけ、楽しかった月日を思い出されます。**

每當聽到這個音樂，就會回想起過去美好的時光。

7

のみならず

「不僅…，也…」、「不僅…，而且…」、「非但…，尚且…」

比較

にかかわらず

(1)「不管…都…」、「儘管…也…」；(2)「無論…與否…」

【名詞；形容動詞詞幹である；[形容詞・動詞]普通形】＋のみならず。表示添加。用在不僅限於前接詞的範圍，還有後項進一層的情況。

例 **この薬は、風邪のみならず、肩こりにも効力がある。**

這帖藥不僅對感冒有效，對肩膀酸痛也很有效。

【名詞；[形容詞・動詞]辭書形；[形容詞・動詞]否定形】＋にかかわらず。（1）表示「與這些差異無關，不因這些差異，而有任何影響」的意思。前面多接「年齡、天氣、性別、能力」等含有差異性的名詞；(2)接兩個表示對立的事物，表示跟這些無關，都不是問題，不受影響。前接的詞多為意義相反的二字熟語，或同一用言的肯定與否定形式。

例 **金額の多少にかかわらず、寄付は大歓迎です。**

無論金額的多寡，都很歡迎樂捐。

8

さえ（も）
「連…」、「甚至…」

比較

にしろ
「無論…都…」、「就算…，也…」、「即使…，也…」

【名詞＋（助詞）】＋さえ（も）；【疑問詞…】＋かさえ。「も」的意思，用在理所當然的事（前項）都不能了，其他的事（後項）就更不用說了。列出前項程度低的極端例子，後項大多用否定的形式。含有吃驚或詫異的心情。

例 来週出張だけど、まだ宿泊の手配さえしていません。

下週就要出差了，竟然連住宿都還沒安排好。

【名詞；形容動詞詞幹；[形容詞・動詞]普通形】＋にしろ。表示退一步承認前項，並在後項中提出跟前面相反或相矛盾的意見。是「にしても」的鄭重的書面語言。也可以說「にせよ」。

例 仕事中にしろ、電話ぐらい取りなさいよ。

就算在工作中，也要接一下電話啊！

9

ほど、ほどだ
（1）「左右」、「上下」；（2）「甚至能…」、「甚至達到…程度」

比較

ばかり
（1）「左右」、「上下」；（2）「只」、「淨」、「光」

【名詞；形容動詞詞幹な；[形容詞・動詞]辭書形】＋ほど、ほどだ。（1）接在數量詞的後面，表示大致的數量。；（2）為了說明前項達到什麼程度，在後項舉出具體的事例來。

例 終わるまでに、一週間ほどかかります。

到完成，得花一個星期左右。

例 今朝は寒くて、池に氷が張るほどだった。

今天早上冷到池塘的水面上結了一層冰。

（1）【數量詞】＋ばかり；（2）【名詞＋助詞】＋ばかり。（1）接在數量詞的後面，表示大致的數量。（2）表示只有這個沒有別的，相同行為或狀態反覆的樣子。

例 三日ばかり待ってください。

請等我三天左右。

例 彼はいつも文句ばかり言って、ちっとも動かない。

他老愛抱怨，都不動手做。

10

というより
「與其說…，倒不如說…」

比較

にしては
「照…來說…」、「就…而言算是…」

【名詞；形容動詞詞幹；[名詞・形容詞・形容動詞・動詞]普通形】＋というより。表示在相比較的情況下，後項的說法比前項更恰當。後項是對前項的修正、補充。

例 **彼女は女優というより、モデルという感じですね。**
與其說她是女演員，倒不如說她感覺像個模特兒。

【名詞；形容動詞詞幹；動詞普通形】＋にしては。表示「按其比例」的意思。也就是跟前項提的標準相差很大，後項結果跟前項預想的相反或出入很大。含有疑問、諷刺、責難及意外的語氣。通常前項是具體性的語詞。

例 **この成績は、初心者にしては上等だ。**
這樣的成績就初學者而言算是很好的。

11

どころか
「哪裡還…」、「非但…」

比較

ことから
「從…來看」、「因為…」

【名詞；形容動詞詞幹な；[形容詞・動詞]普通形】＋どころか。（1）表示程度的對比，從根本上推翻前項，並且在後項提出跟前項程度相差很遠，或內容相反的事實。用在當事實跟期待、預料或印象完全不同的時候，強調程度的對比、反差。（2）也用在當期待或預料以否定的形式出現的時候。這時，為了強調後項，而舉出具對比的前項，甚至程度低的前項，並進行否定。

例 **祖父は元気どころか、ずっと入院しています。**
祖父哪裡健康，一直住院呢！

例 **お金が足りないどころか、財布は空っぽだよ。**
哪裡是不夠錢，錢包裡連一毛錢也沒有。

【名詞である；形容動詞詞幹な；[形容詞・動詞]普通形】＋ことから。（1）表示判斷的理由。根據前項的情況，來判斷出後面的結果或結論。是說明事情的經過跟理由的句型。（2）由於前項的起因跟由來，而有後項的狀態。（1）（2）都相當於「ので」。

例 **指紋が一致したことから、犯人は田中に特定された。**
從指紋一致來看，犯人被鎖定為田中。

N3 文法溫一下

五十音順	文法		中譯	讀書計畫
と	として…	として、としては	以…身份、作為…；如果是…的話、對…來說	
		としても	即使…，也…、就算…，也…	
	とすれば、としたら、とする		如果…、如果…的話、假如…的話	
	とともに		與…同時，也…；隨著…；和…一起	
な	ない…	ないこともない、ないことはない	並不是不…、不是不…	
		ないと、なくちゃ	不…不行	
		ないわけにはいかない	不能不…、必須…	
	など…	など	怎麼會…、才（不）…	
		などと（なんて）いう、などと（なんて）おもう	多麼…呀；…之類的…	
	なんか、なんて		…之類的、…什麼的	
に	において、においては、においても、における		在…、在…時候、在…方面	
	にかわって、にかわり		替…、代替…、代表…	
	にかんして（は）、にかんしても、にかんする		關於…、關於…的…	
	にきまっている		肯定是…、一定是…	
	にくらべて、にくらべ		與…相比、跟…比較起來、比較…	
	にくわえて、にくわえ		而且…、加上…、添加…	
	にしたがって、にしたがい		伴隨…、隨著…	
	にして…	にしては	照…來說…、就…而言算是…、從…這一點來說，算是…的、作為…，相對來說…	
		にしても	就算…，也…、即使…，也…	
	にたいして（は）、にたいし、にたいする		向…、對（於）…	
	にちがいない		一定是…、准是…	
	につき		因…、因為…	
	につれ（て）		伴隨…、隨著…、越…越…	
	にとって（は／も／の）		對於…來説	
	にともなって、にともない、にともなう		伴隨著…、隨著…	
	にはんして、にはんし、にはんする、にはんした		與…相反…	
	にもとづいて、にもとづき、にもとづく、にもとづいた		根據…、按照…、基於…	
	によって（は）、により		因為…；根據…；由…；依照…	
	による…	による	因…造成的…、由…引起的…	
		によると、によれば	據…、據…說、根據…報導…	
	にわたって、にわたる、にわたり、にわたった		經歷…、各個…、一直…、持續…	
の	（の）ではないだろうか、（の）ではないかとおもう		不就…嗎；我想…吧	
は	ばほど		越…越…	
	ばかりか、ばかりでなく		豈止…，連…也…、不僅…而且…	
	はもちろん、はもとより		不僅…而且…、…不用說，…也…	

4 新日検實力測驗

問題１　（　　）に入れるのに最もよいものを、1・2・3・4から一つ選びなさい。

1 今の妻とお見合いした時は､恥ずかしい（　　）緊張する（　　）大変でした。

1　や・など　　2　とか・とか　　3　やら・やら　　4　にしろ・にしろ

2 彼は（　　）ばかりか、自分の失敗を人のせいにする。

1　失敗したことがない　　2　めったに失敗しない

3　失敗してもいい　　4　失敗しても謝らない

3 生活習慣を（　　）限り、いくら薬を飲んでも、病気はよくなりませんよ。

1　変える　　2　変えた　　3　変えない　　4　変えなかった

4 自信を持って！実力（　　）出せれば、絶対にいい結果が出るよ。

1　こそ　　2　まで　　3　だけ　　4　さえ

問題２　つぎの文の＿★＿に入る最もよいものを、1・2・3・4から一つ選びなさい。

5 社長の話は、＿＿＿　＿＿＿　＿★＿　＿＿＿　よくわからない。

1　上に　　2　何が　　3　長い　　4　言いたいのか

6 ＿＿＿　＿＿＿　＿★＿　＿＿＿、連絡先は教えないことにしているんです。

1　親しい　　2　人でない　　3　限り　　4　よほど

7 ＿＿＿　＿＿＿　＿★＿　＿＿＿　が守れないとはどういうことだ。

1　大人　　2　ルールを守っているのに

3　小さな子供　　4　でさえ

5 翻譯與解題

問題1　（　）に入れるのに最もよいものを、1・2・3・4から一つ選びなさい。

問題1　請從1・2・3・4之中選出一個最適合填入（ ）的答案。

1　Answer 3

今の妻とお見合いした時は、恥ずかしい（　　）緊張する（　　）大変でした。

1 や・など　2 とか・とか　3 やら・やら　4 にしろ・にしろ

我和現在的太太相親時，（　）難為情（　）緊張，簡直不曉得該怎麼辦才好。
1…等等　2 或…之類　3 既…又…　4 無論是…亦或是…

「(名詞、動詞辞書形、い形 - い) やら」は、例をあげて、いろいろあって大変だと言いたいとき。例、

・映画館では観客が泣くやら笑うやら、最後までこの映画を楽しんでいた。

《その他の選択肢》

1「～や～など」はを並べて例をあげる言い方。例、

・今日は牛乳やバターなどの乳製品が安くなっています。

2「～とか～とか」は名詞や動作を表す動詞を並べて、同じような例をあげるときの言い方。話し言葉。例、

・休むときは、電話するとかメールするとか、ちゃんと連絡してよ。

4「～にしろ～にしろ」は、～も～も同じだと言いたいとき。例、

・家は買うにしろ借りるにしろ、お金がかかる。

「（名詞、動詞辭書形、形容詞辭書形）やら／又…又…」用於列舉例子，表示又是這樣又是那樣，真受不了的情況時。例如：

・觀眾在電影院裡從頭到尾又哭又笑地看完了這部電影。

《其他選項》

選項1「～や～など／…和…之類的」用在列舉名詞為例子。例如：

・牛奶和牛油之類的乳製品如今變得比較便宜。

選項2「～とか～とか／或…之類」用於列舉名詞或表示動作的動詞，舉出同類型的例子之時。是口語形。例如：

・以後要請假的時候，看是打電話還是傳訊息，總之一定要先聯絡啦！

選項4「～にしろ～にしろ／不管是…，或是…」用於表達～跟～都一樣之時。例如：

・不管是買房子或是租房子，總之都得花錢。

2

Answer ❹

彼は（　　）ばかりか、自分の失敗を人のせいにする。

1　失敗したことがない　　2　めったに失敗しない
3　失敗してもいい　　4　失敗しても謝らない

他不但（　　），甚至還把自己的失敗歸咎到別人身上。
1 從未失敗　2 很少失敗　3 即使失敗也無妨　4 失敗了也不道歉

「（名詞、普通形）ばかりか…」は、～だけでなく、その上にもっと、と言いたいとき。「…」では程度のさらに重いことを重ねて言う。例、

・僕は家族ばかりか飼い犬にまでバカにされてるんだ。

問題文の「～のせいにする」は、悪いことが起こった責任は～にある、と決めつけること。

「（名詞、[形容詞・動詞]普通形）ばかりか…／豈止…，連…也…」用於表達除了～的情況之外，還有更甚的情況時。「…」重複程度更為嚴重的說法。例如：

・別說是家人了，就連家裡養的狗也沒把我放在眼裡呢！

本題の「～のせいにする／歸咎到…」用於表達把引起錯誤的責任推給～，歸咎責任的說法。

3

Answer ❸

生活習慣を（　　）限り、いくら薬を飲んでも、病気はよくなりませんよ。

1　変える　　2　変えた　　3　変えない　　4　変えなかった

若是（　　）生活習慣，即使吃再多藥，病也治不好喔！
1 可改變　2 改變了　3 仍不改變　4 無法改變

「（普通形現在）限り（は）」で、～の状態が続く間は、という意味。後には、同じ状態が続くという意味の文が来る。例、

・体が丈夫な限り、働きたい。

問題文は、「生活習慣を変えない状態が続く」→「病気はよくならない」と考えて、3を選ぶ。例、

「（普通形現在）限り（は）／只要…」表示在～的狀態持續期間的意思。後接持續同樣的狀態之意的句子。例如：

・只要身體健康，我仍然希望工作。

本題的意思是「在生活習慣仍持續不改變的狀態」→由此認為「病就治不好」，因此要選3。例如：

・辛い経験を乗り越えない限り、人は幸せになれません。

・唯有克服了痛苦的考驗，人們才能得到幸福。

4

Answer **4**

自信を持って！実力（　　）出せれば、絶対にいい結果が出るよ。

1　こそ　　2　まで　　3　だけ　　4　さえ

要有信心！（　　）拿出實力，絕對可以得到好成績！

1 正是　　2 直到　　3 唯獨　　4 只要

「（名詞）さえ…ば」は、「（名詞）が…」という条件が満たされれば、それだけで十分だと言いたいとき。例、

・子供は、お母さんさえいれば安心するものです。

※他に、「（名詞）さえ」は、極端な例をあげて、他ももちろんそうだ、と言うときに使う。例、

・朝は時間がなくて、ご飯はもちろん、水も飲めない時もあります。

《その他の選択肢》

1「こそ」はものごとを強調することば。例、

・去年は行けなかったから、今年こそ旅行に行きたい。

「（名詞）さえ…ば／只要…（就）…」是表示只要能滿足「（名詞）が…」這個條件，就非常足夠了。例如：

・孩子只要待在媽媽的身邊就會感到安心。

※其他「（名詞）さえ／連…」也用在舉出極端的例子，其他更不必提的時候。例如：

・早上匆匆忙忙的，別說吃飯了，有時候連水都來不及喝。

《其他選項》

選項1「こそ／一定」是用在強調某事物的詞語。例如：

・畢竟去年沒能去旅行，希望今年一定要成行！

問題2　つぎの文の＿★＿に入る最もよいものを、1・2・3・4から一つ選びなさい。

問題2　下文的＿★＿中該填入哪個選項，請從1・2・3・4之中選出一個最適合的答案。

5　Answer **2**

社長の話は、＿＿＿　＿＿＿　＿★＿　＿＿＿　よくわからない。

1　上に　　2　何が　　3　長い　　4　言いたいのか

總經理的話不但冗長，而且也讓人聽不懂他到底想說什麼。

1 不但　　2 什麼　　3 冗長　　4 想說

正しい語順：社長の話は、3長い　1上に　2何が　4言いたいのか　よくわからない。

「上に」は、～だけでなく、という意味。「社長の話」について、「長い」だけでなく「よくわからない」と言っている文。「よくわからない」の前に2と4を置く。

《文法の確認》

「（普通形）上に」は、～だけでなくさらに、と言いたいとき。いいことにいいこと、悪いことに悪いことを重ねていう言い方。例、

・あの店は安い上においしいよ。

正確語順：總經理的話　1不但　3冗長，1而且也讓人聽不懂他到底　4想說　2什麼。

「上に／不但…，而且…」是不僅如此的意思。句子要說的是針對「社長の話／總經理的話」，不僅只是「長い／冗長」而且還「よくわからない／完全聽不懂」。「よくわからない」的前面應填入2跟4。

《確認文法》

「（普通形）上に／不僅…，而且…」用於表達不僅如此，還～的意思。用在好事再加上好事，壞事再加上壞事，追加同類內容的時候。例如：

・那家店不但便宜，而且很好吃喔！

6　Answer **2**

＿＿＿　＿＿＿　＿★＿　＿＿＿、連絡先は教えないことにしているんです。

1　親しい　　2　人でない　　3　限り　　4　よほど

除非是非常親近的人（以外），否則不會告知聯絡方式。

1 親近　　2 的人（以外）　　3 除非是　　4 非常

正しい語順：4よほど　1親しい　2人でない　3限り、連絡先は教えないことにしているんです。

3「限り」は限定を表す。「～ない限り」で、～でなければ、という意味になる。1、2、3とつなげる。4は1を修飾するので、1の前に置く。「よほど」はかなり、ずいぶんという意味。

《文法の確認》

「（動詞ない形）限り」で、あることが成立しない状況では、という意味を表す。あとには、否定的な表現が来る。例、

・明らかな証拠がない限り、彼を疑うことはできない。

正確語順：3除非是　4非常　1親近　2的人（以外），否則不會告知聯絡方式。

3「限り／除非是…」表示限定。「～ない限り／除非是…以外」是必須得～的意思。如此一來順序就是1→2→3。由於4要修飾1，所以應該填在1的前面。「よほど／非常」是頗為，相當之意。

《確認文法》

「（動詞ない形）限り／除非…」表示只要在某事不實現的狀態下之意。後面要接否定的說法。例如：

・除非有明確的證據，否則沒辦法認為他有嫌疑。

7

Answer **2**

____　____　★　____　____　が守れないとはどういうことだ。

1　大人　　　2　ルールを守っているのに
3　小さな子供　　　4　でさえ

連幼小的孩童都能守法，大人卻無法遵守這是怎麼回事。
1 大人　　2 守法…卻　　3 幼小的孩童　　4 都能

正しい語順：3小さな子供　4でさえ　2ルールを守っているのに　1大人が守れないとはどういうことだ。

「～（で）さえ…」は、極端な例（この場合は、小さな子供）をあげて、ほか（大人）はもちろん、と言いたいとき。4の前に3を入れる。「が守れないとは」の前には1を置く。

《文法の確認》

「（名詞）さえ」「（名詞+助詞）さえ」例、

・私には、妻にさえ言えない秘密がある。

正確語順：4連　3幼小的孩童　4都能　2守法，1大人　2卻無法遵守這是怎麼回事。

「～（で）さえ…／連…」用於表達舉出極端的例子（這裡是幼小的孩童），其他（大人）更不必提了之時。4之前應填入3。「が守れないとは／無法遵守」的前面應填入1。

《確認文法》

「名詞＋（助詞）さえ／連…」，舉例如：

・我藏著連太太都不能讓她知道的祕密。

Chapter

08 その他の助詞表現（無関係・保留・代替・範囲・根拠）

1 文法闖關大挑戰

文法知多少？請完成以下題目，從選項中，選出正確答案，並完成句子。
《答案詳見右下角。》

1 能力（　　　）、初任給は 16 万円です。

1. にかかわらず
2. にもかかわらず

1. にかかわらず：不管…都…
2. にもかかわらず：雖然…，但是…

2 他人の迷惑（　　）、高校生たちが車内で騒いでいる。

1. もかまわず　2. はともかく

1. もかまわず：也不管…
2. はともかく：姑且不論…

3 この果物は季節（　　）一年中楽しむことができます。

1. を問わず　　2. のみならず

1. を問わず：不論…
2. のみならず：不光是…

4 理由（　　　）、暴力はいけない。

1. にかわって　2. はともかく

1. にかわって：代替…
2. はともかく：先不論…

5 出生率の低迷が続く日本では、人間（　　）ロボットが働く時代が到来するだろう！

1. 抜きでは　　2. にかわって

1. 抜きでは：沒有…
2. にかわって：代替…

6 彼女は、厳しい父母（　　）育った。

1. のもとで　2. をもとに

1. のもとで：在…之下
2. をもとに：以…為依據

7 驚いた（　　）、犯人は教師だった。

1. ことには　　2. ことから

1. ことには：…的是
2. ことから：從…來看

8 数字の（　　）同じ 1 敗だが、同じ負けでも内容は大きく異なる。

1. 上で　　　2. 上では

1. 上で：在…之後
2. 上では：從…來看

答案：(1)1　(2)1　(3)1　(4)2
(5)2　(6)1　(7)1　(8)2

2 その他の助詞表現（無関係・保留・代替・範囲・根拠）總整理

- □1 にかかわらず
- □2 もかまわず
- □3 を問わず、は問わず
- □4 はともかく（として）
- □5 にかわって、にかわり
- □6 のもとで、のもとに
- □7 ことに（は）
- □8 上では

3 文法比較 --- その他の助詞表現（無関係・保留・代替・範囲・根拠）

1

にかかわらず

(1)「不管…都…」、「儘管…也…」；(2)「無論…與否…」

【名詞；[形容詞・動詞]辭書形；[形容詞・動詞]否定形】＋にかかわらず。(1) 表示「與這些差異無關，不因這些差異，而有任何影響」；(2)接兩個表示對立的事物，表示跟這些無關，都不是問題，不受影響。

例 晴雨（せいう）にかかわらず、試合（しあい）は行（おこな）われる。

比賽不拘晴雨，照常舉行。

例 お酒（さけ）を飲（の）む飲（の）まないにかかわらず、一人当（ひとりあ）たり２千円（せんえん）を払（はら）っていただきます。

不管有沒有喝酒，每人都要付兩千日圓。

比較

にもかかわらず

「雖然…，但是…」、「儘管…，卻…」、「雖然…，卻…」

【名詞；形容動詞詞幹；[形容詞・動詞]普通形】＋にもかかわらず。表示逆接。後項事情常是跟前項相反或相矛盾的事態。表示很吃驚地認為本來應該是相反的結果或判斷，但卻沒有那樣。也可以做接續詞使用。作用與「（な）のに」近似。

例 彼（かれ）は 70 歳（さい）という高齢（こうれい）にもかかわらず、子（こ）どもをもうけた。

他儘管已 70 高齡了，還能生孩子。

2

もかまわず

「（連…都）不顧…」

【名詞；動詞辭書形の】＋もかまわず。表示對某事不介意，不放在心上。

例 警官（けいかん）の注意（ちゅうい）もかまわず、赤信号（あかしんごう）で道（みち）を横断（おうだん）した。

不理會警察的警告，照樣闖紅燈。

比較

はともかく（として）

「姑且不管…」、「先不管它」

【名詞】＋はともかく（として）。表示提出兩個事項，前項暫且不作為議論的對象，先談後項。

例 結果（けっか）はともかく、よくがんばったね。

不管結果如何，你已經很努力了。

3

を問わず、は問わず

「無論…」、「不分…」、「不管…，都…」、「不管…，也不管…，都…」

比較

のみならず

「不僅…，也…」、「不僅…，而且…」、「非但…，尚且…」

【名詞】＋を問わず、は問わず。表示沒有把前接的詞當作問題、跟前接的詞沒有關係。多接在「男女」、「昼夜」這種對義的單字後面。

例 **男女を問わず、10 歳未満の子どもは誰でも入れます。**

無論是男是女，未滿十歲的小孩都能進去。

【名詞；形容動詞詞幹である；[形容詞・動詞]普通形】＋のみならず。表示添加。用在不僅限於前接詞的範圍，還有後項進一層的情況。

例 **資料を分析するのみならず、あらゆる角度から検討すべきだ。**

不僅要分析資料，而且也應該從各個角度來進行檢討。

4

はともかく（として）

「姑且不管…」、「先不管它」

比較

に代わって、に代わり

「替…」、「代替…」、「代表…」

【名詞】＋はともかく（として）。表示提出兩個事項，前項暫且不作為議論的對象，先談後項。暗示後項是更重要的，以後項為談論的中心內容的。

例 **味はともかく、見た目にはとてもうまそうだ。**

先不提味道，看起來好像挺好吃的。

【名詞】＋にかわって、にかわり。表示應該由某人做的事，改由其他的人來做。是前後兩項的替代關係。

例 **病気の父に代わって、息子が式典に参列した。**

兒子代替生病的父親，出席參加典禮。

5

に代わって、に代わり

「替…」、「代替…」、「代表…」

比較

抜きで、抜きに、抜きの

「省去…」、「沒有…」；「如果沒有…」、「沒有…的話」

【名詞】＋にかわって、にかわり。表示應該由某人做的事，改由其他的人來做。是前後兩項的替代關係。

例 **社長に代わって、副社長が挨拶をした。**

副社長代表社長致詞。

【名詞】＋抜きで、抜きに、抜きの。「抜きで、抜きに」表示除去或省略一般應該有的部分，；「抜きには、抜きでは」表示「如果沒有…，就做不到…」。

例 **この商談は、社長抜きにはできないよ。**

這樁買賣，沒有社長是沒辦法談成的。

6

のもとで、のもとに
(1)「在…之下（範圍）」；(2)「在…下」

比較

をもとに
「以…為根據」、「以…為參考」、「在…基礎上」

【名詞】＋のもとで、のもとに。「のもとで」表示在受到某影響的範圍內，而有後項的情況；「のもとに」又表示在某人的影響範圍下，或在某條件的制約下做某事。

例 太陽（たいよう）の光（ひかり）のもとで、稲（いね）が豊（ゆた）かに実（みの）っています。

稻子在太陽光之下，結實纍纍。

【名詞】＋をもとに。表示將某事物做為啟示、根據、材料、基礎等。後項的行為、動作是根據或參考前項來進行的。

例 いままでに習（なら）った文型（ぶんけい）をもとに、文（ぶん）を作（つく）ってください。

請參考至今所學的文型造句。

7

ことに（は）
「…的是」、「非常…（的是）」

比較

ことから
「從…來看」、「因為…」

【形容詞辭書形；形容動詞詞幹な；動詞た形】＋ことに（は）。表示說話人在敘述實際發現的某事之前的心情。說話人先表達出驚訝或某種感情之後，接下來敘述具體的事情。前接表示瞬間感情活動的詞。

例 残念（ざんねん）なことに、この区域（くいき）では携帯電話（けいたいでんわ）が使（つか）えない。

可惜的是，這地區無法使用手機。

【名詞である；形容動詞詞幹な；［形容詞・動詞］普通形】＋ことから。（1）表示判斷的理由。根據前項的情況，來判斷出後面的結果或結論。是說明事情的經過跟理由的句型。（2）由於前項的起因跟由來，而有後項的狀態。

例 顔（かお）がそっくりなことから、双（ふた）子（ご）であることを知（し）った。

因為長得很像，所以知道是雙胞胎。

8

上（うえ）では
「從…來看」、「在…上」

比較

上（うえ）で
「在…之後」、「以後…」

【名詞】＋の上では。表示「根據這一信息來看」的意思。前面接表示數據、地圖等。

例 暦（こよみ）の上（うえ）ではもう春（はる）なのに、まだまだ寒（さむ）い日（ひ）が続（つづ）いている。

從日曆上看，已經是春天了，但是每天還是很冷。

【名詞の；動詞た形】＋上で。表示兩動作間時間上的先後關係。表示先進行前一動作，後面再根據前面的結果，採取下一個動作。

例 話（はな）し合（あ）って結論（けつろん）を出（だ）した上（うえ）で、みんなに説明（せつめい）します。

討論出結論後，再跟大家說明。

4 新日検實力測驗

問題1　（　　）に入れるのに最もよいものを、1・2・3・4から一つ選びなさい。

1 今は、（　　）にかかわらず、いつでも食べたい果物が食べられる。

1　夏　　2　季節　　3　1年中　　4　春から秋まで

2 この山はいろいろなコースがありますから、子供からお年寄りまで、年齢（　　）楽しめますよ。

1　もかまわず　　2　はともかく　　3　に限らず　　4　を問わず

3 このアパートは、建物が古いの（　　）、明け方から踏切の音がうるさくて、がまんできない。

1　を問わず　　2　にわたって　　3　はともかく　　4　といっても

4 どんな事件でも、現場へ行って自分の目で見ないことには、読者の心に響く（　　）。

1　いい記事が書けるのだ　　2　いい記事を書くことだ

3　いい記事は書けない　　4　いい記事を書け

問題2　つぎの文の＿★＿に入る最もよいものを、1・2・3・4から一つ選びなさい。

5 彼女は　きれいな　＿＿＿　＿＿＿　＿★＿　＿＿＿　抱き上げた。

1　おぼれた　　2　のもかまわず　　3　服が汚れる　　4　子犬を

6 ここからは、部長に　＿＿＿　＿＿＿　＿★＿　＿＿＿　させていただきます。

1　私が　　2　説明　　3　設計担当の　　4　かわりまして

5 翻譯與解題

問題 1　（　　）に入れるのに最もよいものを、1・2・3・4 から一つ選びなさい。

問題 1　請從 1・2・3・4 之中選出一個最適合填入（　）的答案。

1

Answer ❷

今は、（　　）にかかわらず、いつでも食べたい果物が食べられる。

1　夏　　2　季節　　3　1年中　　4　春から秋まで

現在不分（　　），隨時都能吃到想吃的水果。

1 夏天　　2 季節　　3 一年到頭　　4 從春天到秋天

「（名詞）にかかわらず」は、～には関係なく、という意味。例、

・荷物の送料は、大きさにかかわらず、ひとつ 300 円です。

「（名詞）にかかわらず／不管…都…」表示跟～都無關之意。例如：

・貨物的運費，不計尺寸，一律每件三百圓。

2

Answer ❹

この山はいろいろなコースがありますから、子供からお年寄りまで、年齢（　　）楽しめますよ。

1　もかまわず　　2　はともかく　　3　に限らず　　4　を問わず

這座山規劃了各種健行的路線，（　　）年齡，從小孩到長者都可以享受山林的樂趣喔！

1 連…也無妨　　2 總之　　3 不限　　4 不分

「（名詞）を問わず」は、～に関係なくどれも同じ、と言いたいとき。例、

・この仕事は経験を問わず、誰でもできますよ。

《その他の選択肢》

1「～もかまわず」は、～を気にしないで行動するという意味。例、

・彼女は服が汚れるのもかまわず、歩き続けた。

「（名詞）を問わず／不管…，都…」用於表達跟～沒有關係，不管什麼都一樣之時。例如：

・這份工作不需要經驗，任何人都可以做喔！

《其他選項》

選項 1「～もかまわず／不顧…」表示不介意～，而做某動作。例如：

・她那時不顧身上的衣服髒了，依然繼續往前走。

2「～はともかく」は、～のことは今は考えないで、という意味。例、

・お金のことはともかく、まず病気を治すことが大切ですよ。

3「～に限らず」は、～だけでなくもっと、という意味。例、

・中小企業に限らず、大企業でも経営の悪化が問題になっている。

選項２「～はともかく／不管…」現在暫且先不考慮～之事的意思。例如：

・別管錢的事了，先把病治好才要緊啊！

選項３「～に限らず／不僅…連」表示不僅是～連也都發生某狀況之意。例如：

・不僅中小企業，連大企業也面臨經營惡化的困境。

3

Answer ❸

このアパートは、建物が古いの（　　）、明け方から踏切の音がうるさくて、がまんできない。

1　を問わず　　2　にわたって　　3　はともかく　　4　といっても

這棟公寓（　　）屋齡老舊，還從黎明就開始聽見平交道的噪音，實在讓人難以忍受。

1 不分　　2 整整　　3 先不說　　4 雖說

「建物が古い」「…音がうるさい」と、悪いことを二つ並べている。選択肢の中で、（　　）に入れて文が成立するのは３「～はともかく」。

「（名詞）はともかく」は、～は今は問題にしないで、という意味。そのことよりもっと大事なことがある、と言いたいとき。例、

・集まる場所はともかく、日にちだけでも決めようよ。

《その他の選択肢》

1「～を問わず」は、～は問題ではなく、どれも同じと言いたいとき。例、

・コンテストには、年齢、経験を問わず、誰でも参加できます。

從列舉「建物が古い／屋齡老舊」與「…音がうるさい／…的噪音」兩個惡劣事項知道，填入（　　）讓句子意思得以成立的選項是３「～はともかく／…先不說它」。

「（名詞）はともかく」用於表達暫且不議論現在的～之意。暗示還有比其更重要的事項之時。例如：

・就算還沒決定集合的地點，至少總該先把日期定下來吧！

《其他選項》

選項１「～を問わず／不分…」用於表達沒有把～當作問題，任何一個都一樣之時。例如：

・競賽不分年齡和經驗，任何人都可以參加。

2「～にわたって（渡って）」は、～の範囲全体にという意味。場所や時間の幅が大きいことをいう。例、

・討論は3時間にわたって続けられた。

4「～といっても」は、実際は、～から想像することと違う、と言いたいとき。例、

・庭にプールがあるといっても、お風呂みたいに小さなプールなんですよ。

選項2「～にわたって（渡って）／持續…」表示～所涉及到的整個範圍之意。指場所或時間範圍非常大的意思。例如：

・討論持續進行了三個小時。

選項4「～といっても／雖說…，但…」用於說明實際程度與～所想像的不同時。例如：

・院子裡雖然有泳池，但只是和浴缸一樣小的池子而已嘛！

4 Answer 3

どんな事件でも、現場へ行って自分の目で見ないことには、読者の心に響く（　　）。

1　いい記事が書けるのだ　　2　いい記事を書くことだ
3　いい記事は書けない　　4　いい記事を書け

無論是什麼樣的事件，如果不親赴現場親眼目睹，就（　　）能夠感動讀者（　　）。
1 就能寫出精彩的報導了　　2 寫下精彩的報導
3 無法寫出…的精彩報導　　4 去寫精彩的報導

「（動詞ない形、い形くない、な形 - でない、名詞 - でない）ことには…」は、～なければ…できないという意味。後には否定的な意味の文が来る。例、

・子供がもう少し大きくならないことには、働こうにも働けません。

「（動詞ない形、形容詞くない、形容動詞でない、名詞でない）ことには…／要是不…」表示如果不～，也就不能…。後項一般是接否定意思的句子。例如：

・除非等孩子再大一點，否則就算想工作也沒辦法工作。

問題２　つぎの文の＿★＿に入る最もよいものを、１・２・３・４から一つ選びなさい。

問題２　下文的＿★＿中該填入哪個選項，請從１・２・３・４之中選出一個最適合的答案。

5　　Answer **1**

彼女は　きれいな　＿＿＿　＿＿＿　＿★＿　＿＿＿　抱き上げた。

1　おぼれた　　2　のもかまわず

3　服が汚れる　　4　子犬を

她不顧會弄髒身上漂亮的３衣服，抱起了溺水的小狗。

1 溺水的　　2 不顧　　3 會弄髒衣服　　4 小狗

正しい語順：彼女はきれいな　3服が汚れる　2のもかまわず　1おぼれた　4子犬を　抱き上げた。

「おぼれる（溺れる）」は、水中で、泳げないで沈む様子。「抱き上げた」の前に2、１と４が置ける。「きれいな」のあとに３をつづける。

《文法の確認》

「（名詞）もかまわず」、「（普通形）のもかまわず」は、～を気にしないで、という意味。例、

・彼は、みんなが見ているのもかまわず、大きな声で歌い始めた。

正確語順：她　2不顧　3會弄髒　身上漂亮的　3衣服，抱起了　1溺水的　4小狗。

「おぼれる（溺れる）／溺水的」指不會游泳淹沒在水中的樣子。「抱き上げた／抱起了」的前面按照順序應填入２→１→４。「きれいな／漂亮的」的後面應該連接３。

《確認文法》

「（名詞）もかまわず、（［形容詞・動詞］普通形）のもかまわず／（連…都）不顧…」表示對～不介意，不放在心上的意思。例如：

・他不顧眾目睽睽，開始大聲唱起了歌。

6 Answer 1

ここからは、部長に ＿＿ ＿＿ ★ ＿＿ させていただきます。

1 私が　2 説明　3 設計担当の　4 かわりまして

以上是經理的說明，接著將由負責設計的我來向各位報告。

1 我來向　2 報告　3 負責設計的　4 接著將由

正しい語順：ここからは、部長に 4かわりまして 3設計担当の 1私が 2説明 させていただきます。

述語「させていただきます」の前に2を置く。「～にかわって、私が」という言い方の、1「私が」の前に、それを修飾する3を入れる。

《文法の確認》

「（名詞）にかわって」は、いつもの～ではなく、これまでの～ではなく、と言いたいとき。例、

・今日は佐々木先生にかわって、私が授業をします。

正確語順：以上是經理的說明，4接著將由 3負責設計的 1我來向 各位 2報告。

述語「させていただきます／由我來」前面應填入2。「～にかわって、私が／接著將由我」這一用法的1「私が／我」的前面，應填入3來進行修飾。

《確認文法》

「（名詞）にかわって／代替…」用於表達並非一如往常的～，並非是一直以來的～之時。例如：

・今天由我代替佐佐木老師上課。

Chapter
09 助動詞（意志・義務・許可・禁止・提案の表現）

1 文法闖關大挑戰

文法知多少？請完成以下題目，從選項中，選出正確答案，並完成句子。
《答案詳見右下角。》

1
今年の冬は、あまり雪は降る（　　）。
1. まい　　2. ものか

1. まい：不會…
2. ものか：才不要…

2
困難でも、武力に頼らず、話し合いで解決する（　　）。
1. べきだ　2. ものだ

1. べきだ：應當…
2. ものだ：本來就該…

3
金さえあれば、幸せ（　　）。
1. というものでもない
2. というしまつだ

1. というものでもない：並非如此
2. というしまつだ：竟然…

4
今諦めるのはまだ早い。もう一度頑張ってみ（　　）。
1. ようじゃないか　2. ませんか

1. ようじゃないか：我們（一起）…吧
2. ませんか：要不要…吧

5
どんなに苦しくても、ここは一つ待つ（　　）な。
1. ものだ　2. ことだ

1. ものだ：應該…
2. ことだ：最好…

答案：(1)1 (2)1 (3)1 (4)1 (5)2

2 助動詞（意志・義務・許可・禁止・提案の表現）總整理

□1 まい
□2 べき（だ）
□3 というものではない、というも
□のでもない
□4 ようではないか
□5 ことだ

3 文法比較 --- 助動詞（意志・義務・許可・禁止・提案の表現）

1

まい
(1)「不打算…」；(2)「不會…吧」

【動詞辭書形】＋まい。(1)表示說話的人不做某事的意志或決心。(2)表示推測。

例 **絶対（ぜったい）タバコは吸（す）うまいと、決心（けっしん）した。**
我決定絕不抽煙。

例 **こんな話（はなし）をしても誰（だれ）も信（しん）じてはくれまい。**
這種話沒有人會相信的。

比較

ものか
「哪能…」、「怎麼會…呢」

【形容動詞詞幹な；[形容詞・動詞]辭書形】＋ものか。表示強烈的否定情緒。或是說話人絕不做某事的決心，或是強烈否定對方的意見。句尾聲調下降。比較隨便的說法是「もんか」。常跟「なんか、など」一起使用。

例 **彼（かれ）の味方（みかた）になんか、なるものか。**
我才不跟他一個鼻孔出氣呢！

2

べき（だ）
「必須…」、「應當…」

【動詞辭書形】＋べき、べきだ。表示那樣做是應該的、正確的。常用在勸告、禁止及命令的場合。是說話人的意見，表示「做…是正確的」。書面跟口語雙方都可以用。

例 **人間（にんげん）はみな平等（びょうどう）であるべきだ。**
人人應該平等。

比較

ものだ
「就是…」、「本來就是…」、「應該…」

【形容動詞詞幹な；形容詞辭書形；動詞普通形】＋ものだ。表示常識性、普遍的事物的必然的結果。也就是一般論的，事物本來的性質。

例 **どんなにがんばっても、うまくいかないときがあるものだ。**
有時候無論怎樣努力，還是無法順利的。

例 **若（わか）い人（ひと）はお年寄（としよ）りに席（せき）を譲（ゆず）るものだ**
年輕人應該讓座位給年紀大的人。

3

というものでは（も）ない
「可不是…」、「並不是…」、「並非…」

【[名詞・形容詞・形容動詞・動詞]假定形】…【[名詞・形容動詞詞幹]（だ）；形容詞辭書形】＋というものではない、というものでもない。表示對某想法或主張，覺得不是非常恰當。由於內心其實是反對的，因此做出委婉的否定。

例 **才能（さいのう）があれば成功（せいこう）するというものではない。**
有才能並非就能成功。

比較

というしまつだ
「（結果）竟然…」

【動詞辭書形】＋というしまつだ。表示「經過了…的過程，最後變成…」，前項是敘述事態的情況，後項是敘述結果竟然如此（不良的結果）。

例 **彼女（かのじょ）は甘（あま）やかすとわがままを言（い）い、厳（きび）しくすると泣（な）き出（だ）すというしまつだ。**
她只要一寵就任性，一嚴格就哭了。

4

（よ）うではないか
「讓…吧」、「我們（一起）…吧」

【動詞意向形】＋うではないか、ようではないか。表示說話人以堅定的語氣（讓對方沒有拒絕的餘地）進行提案，或帶頭提議對方跟自己共同做某事，或是一種委婉的命令。也用在自己決定要做某事的意志表現。口語常說成「（よ）うじゃないか」。不用在對長輩上。一般男性使用。男女共用的話多說「（よ）うではありませんか」。

例 **みなで一致団結（いっちだんけつ）して、困難（こんなん）を乗（の）り越（こ）えようではないか。**
讓我們同心協力共度難關吧！

比較

ませんか
「要不要…吧」

【動詞ます形】＋ませんか。表示行為、動作是否要做，在尊敬對方抉擇的情況下，有禮貌地勸誘對方做某事。

例 **明日（あした）、いっしょに映画（えいが）を見（み）ませんか。**
明天要不要一起去看電影？

5

ことだ

「就得…」、「要…」、「應當…」、「最好…」

比較

ものだ

(1)「真是…」、「居然…」；(2)「就該…」、「應該…」。（3）（感慨地回憶過去）

【動詞辭書形；動詞否定形】＋ことだ。表示一種間接的忠告或命令。說話人忠告對方，某行為是正確的或應當的，或某情況下將更加理想。口語中多用在上司、長輩對部屬、晚輩或用在同輩之間。

例 **大会(たいかい)に出(で)たければ、がんばって練習(れんしゅう)することだ。**

如果想出賽，就要努力練習。

【形容動詞詞幹な；形容詞辭書形；動詞普通形】＋ものだ。(1)表示說話人對某一事件或事物的情況感到吃驚或感嘆。常跟「よく（も）」一起使用。(2)表示提醒或忠告。在社會上前項是常識、理所當然，理應如此。有對某一價值觀強加於別人的語意，常轉為間接的命令或禁止。（3）表示回憶或懷念過去，經常經歷的事情。含有過去常做，現在已經不做了的感慨語氣。由於敘述的是習慣性的事情，所以常跟副詞「よく」一起使用。口語常用「もんだ」。

例 **こんな重(おも)いものをよく一人(ひとり)で持(も)てるものだ。**

那麼重的東西，竟然一個人就拿起來了。

例 **人(ひと)の家(いえ)に行(い)く時(とき)は、手土産(てみやげ)の一(ひと)つも提(さ)げていくものだ。**

到別人家拜訪作客，就該帶個見面禮。

例 **若(わか)い頃(ころ)はよくこの小道(こみち)を歩(ある)いたものだ。**

年輕時，經常走這條小路呢！

4 新日検實力測驗

問題1　次の文章を読んで、文章全体の内容を考えて、 1 から 5 の中に入る最もよいものを、1・2・3・4の中から一つ選びなさい。

自転車の事故

最近、自転車の事故が増えている。つい先日も、登校中の中学生の自転車がお年寄りに衝突し、そのお年寄りははね飛ばされて強く頭を打ち、翌日死亡するという事故があった。

自転車は、明治30年代に急速に普及すると同時に事故も増えたということだが、現代では自転車の事故が年間10万件余りも起きているそうである。

自転車の運転者が最も気をつけなければならないこと。それは、自転車は車の一種である 1 をしっかり頭に入れて運転することだ。車の一種なのだから、原則として車道を走る。「自転車通行可」の標識がある歩道のみ、歩道を走ることができる。

2 、その場合も、車道側を歩行者に十分気をつけて走らなければならない。また、車道を走る場合は、車道のいちばん左側を走ることと 3 。

最近、「歩車分離式信号」という信号ができた。交差点で、同方向に進む車両と歩行者の信号機を別にする方法である。この信号機で車と歩行者の事故はかなり減ったそうであるが、自転車に乗ったまま渡る人は車の信号に従うということを自転車の運転者と車の運転手の両者が知らないと、今度は、自転車が車の被害にあうといった事故に 4 。

また、最近自転車を見ていてハラハラするのは、イヤホンを付けての運転やケータイ電話を 5 の運転である。これらも交通規則違反なのだが、規則自体が、まだ十分には知られていないのが現状だ。

いずれにしても、自転車の事故が急増している今、行政側が何らかの対策を急ぎ講じる必要があると思われる。

1

1 というもの　2 とのこと　3 ということ　4 といったもの

2

1 ただ　2 そのうえ　3 ところが　4 したがって

3

1 決める　2 決まる　3 決めている　4 決まっている

4

1 なりかねる　2 なりかねない

3 なりかねている　4 なりかねなかったのだ

5

1 使い次第　2 使ったきり　3 使わずじまい　4 使いながら

5 翻譯與解題

問題１　次の文章を読んで、文章全体の内容を考えて、[1]から[5]の中に入る最もよいものを、１・２・３・４の中から一つ選びなさい。

問題１　請於閱讀下述文章之後，就整體文章的內容作答第[1]至[5]題，並從１・２・３・４選項中選出一個最適合的答案。

自転車の事故

最近、自転車の事故が増えている。つい先日も、登校中の中学生の自転車がお年寄りに衝突し、そのお年寄りははね飛ばされて強く頭を打ち、翌日死亡するという事故があった。

自転車は、明治30年代に急速に普及すると同時に事故も増えたということだが、現代では自転車の事故が年間10万件余りも起きているそうである。

自転車の運転者が最も気をつけなければならないこと。それは、自転車は車の一種である[1]をしっかり頭に入れて運転することだ。車の一種なのだから、原則として車道を走る。「自転車通行可」の標識がある歩道のみ、歩道を走ることができる。

[2]、その場合も、車道側を歩行者に十分気をつけて走らなければならない。また、車道を走る場合は、車道のいちばん左側を走ることと[3]。

最近、「歩車分離式信号」という信号ができた。交差点で、同方向に進む車両と歩行者の信号機を別にする方法である。この信号機で車と歩行者の事故はかなり減ったそうであるが、自転車に乗ったまま渡る人は車の信号に従うということを自転車の運転者と車の運転手の両者が知らないと、今度は、自転車が車の被害にあうといった事故に[4]。

また、最近自転車を見ていてハラハラするのは、イヤホンを付けての運転や、ケータイ電話を[5]の運転である。これらも交通規則違反なのだが、規則自体が、まだ十分には知られていないのが現状だ。

いずれにしても、自転車の事故が急増している今、行政側が何らかの対策を急ぎ講じる必要があると思われる。

〈自行車釀成的交通事故〉

近來，自行車釀成的交通事故日漸增加。就在幾天前才發生了一起這樣的車禍——某個中學生騎乘自行車上學的途中撞到了一位老人家，老人家應聲彈飛出去，落地時頭部受到嚴重的撞擊，於隔天離開了人世。

自行車是從明治三十年代開始大量普及的，於此同時，也逐漸發生了相關的交通事故。根據統計，近年來自行車所導致的車禍，竟然每年超過了十萬件。自行車騎士最需要注意的是，在騎乘自行車的時候，必須將「自行車也屬於某種車輛」 1 牢牢記在腦海裡。既然屬於車輛，原則上就應該行駛於車道，除非是標示著「自行車得以通行」的人行道才可以騎在上面。

2 ，即使是在人行道上，騎乘的時候也必須非常留意走在靠近車道的行人。此外，當騎在車道上的時候， 3 騎在車道的最左側。

最近，路上裝設了「人車分離式交通號誌」，也就是在十字路口，朝相同方向前進的車輛和行人的交通號誌各不相同。據說自從裝設這種交通號誌之後，大幅減少了車輛與行人的交通事故。但是，假如自行車騎士和車輛駕駛人都不知道騎著自行車過馬路的人必須遵守車輛的號誌，這時候 4 自行車反倒會遭到車輛的追撞而發生事故。

除此之外，我最近在路上還目睹了令人心驚膽戰的自行車騎法，例如戴著耳機騎車，或者 5 行動電話一邊騎車。這些舉動同樣都違反了交通規則，但是目前大眾不太了解有這樣的規則。

總而言之，值此自行車造成的車禍急遽增加的現況，我認為行政單位必須盡快做出因應的對策。

1

Answer ❸

1　というもの	2　とのこと	3　ということ	4　といったもの
1 像這樣的事	2 之事	3 這件事	4 據說是那樣的東西

「～ということ」は内容を具体的に説明するときの言い方。本文では、運転するときにしっかり頭に入れるべきことは、「自転車は車の一種である」ことだと具体的に説明している。

例、

・この文書には歴史的価値があるということは、あまり知られていない。

「～ということ／這件事」用於具體說明內容之時。本文針對在騎乘自行車的時候，必須牢牢記在腦海裡的事情是「自転車は車の一種である／自行車是屬於車子的一種」這一具體的說明。例如：

・知道這份文件具有歷史價值的人並不多。

2

Answer ❶

1　ただ	2　そのうえ	3　ところが	4　したがって
1 然而	2 不僅如此	3 可是	4 因此

2 の前後の文の関係を考える。前の文では、「歩道を走ることができる」場合があると述べている。後の文では、その場合の条件を述べている。

1「ただ」は、全体を述べてから、条件や例外を追加するときの言い方。

例、

・森田先生は生徒に厳しい。ただ、努力は認めてくれる。

《その他の選択肢》

2「そのうえ」は同じようなことを付け足していく言い方。例、

推敲 2 前後文的關係，前文是敘述有「歩道を走ることができる／得以通行在人行道上」的情況，而後文則敘述在該情況下的條件。

選項 1「ただ／然而，但是」用在先進行全面性敘述，再追加條件及例外的情況。例如：

・森田老師對學生很嚴格；但是，他也會把學生的努力看在眼裡。

《其他選項》

選項 2「そのうえ／不僅如此」表示再增添上相同的事物。例如：

・先輩にご飯をおごってもらった。そのうえタクシーで送ってもらった。

3「ところが」は前のことから予想されることと違うことが後に続くとき。例、

・昨日は暖かかった。ところが今日は酷く寒い。

4「したがって」は前の文を理由として後の文につなぐ言い方。例、

・大雪警報が出ています。したがって本日の講義は休講とします。

・學長請我吃了飯，不僅如此，他還讓我一起搭計程車送我回家了。

選項 3「ところが／可是…」用在表示根據前項進行推測，但卻出現了與預料相反的後項。例如：

・昨天很暖和，可是今天卻異常寒冷。

選項 4「したがって／因此」表示以前文為理由，並連接後文。例如：

・已經發布大雪特報，因此今天停課。

3

Answer 4

1 決める	2 決まる	3 決めている	4 決まっている
1 認定	2 決定	3 認定	4 一定要

規則を言うときは自動詞「決まる」の、ている形「（〜と）決まっている」が使われる。継続している状態を表す。「（〜することに）なっている」も同じ使い方。

表示規定要用自動詞「決まる／決定」的「ている形」變成「（〜と）決まっている／一定要…」，來表示持續著的狀態。與「（〜することに）なっている／按規定…」用法相同。

4

Answer 2

1 なりかねる		2 なりかねない	
3 なりかねている		4 なりかねなかったのだ	
1 肯定	2 或許	3 X	4 X

「（動詞ます形）かねない」は、〜という悪い結果になる可能性があるという意味。「事故になりかねない」は

「（動詞ます形）かねない／也許會…」表示有發生不良結果的可能性之意。「或許會發生事故」是「可能會發生事故」的

「事故になってしまうかもしれない」という意味。

《その他の選択肢》

4 最近できた信号の、可能性の話をしているので、過去の話ではない。

意思。

《其他選項》

選項４ 由於說的是最近所裝設的交通號誌的可能性，而並非敘述過去的事情。

5

Answer **4**

1 使い次第	2 使ったきり	3 使わずじまい	4 使いながら
1 視使用狀況而定	2 使用完之後就…	3 不得不使用	4 一邊使用

「イヤホンを付けての運転」と「ケータイ電話を **5** の運転」が並んでいる。「付けて」は付けているという状態を表す。使っているという状態を表すのは、4「（動詞ます形）ながら」で同時に二つの動作をすることを表す。例、

・寝ながら勉強する方法があるらしい。

《その他の選択肢》

1「次第」は、～後すぐに、という意味。例、

・帰り次第、電話します。

2「きり」は、～してそのまま、という意味。例、

・息子は朝出かけたきり、まだ帰りません。

3「ずじまいだ」は、～しないで終わり、という意味。例、

・幸子さんとはとうとう会えずじまいだった。

由於「戴著耳機騎車」與「 **5** 行動電話一邊騎車」兩件事並列。「付けて／戴著」表示配戴著的狀態。而表示正在使用中這一狀態的是，表達同時進行兩個動作的4「（動詞ます形）ながら／…邊…邊」。例如：

・據說有一面睡覺一面學習的方法。

《其他選項》

選項１「次第／…後立即…」表示～後，就馬上行動的意思。例如：

・一到家立即電話聯繫。

選項２「きり／自從…就一直…」表示自～以後，便未發生某事態之意。例如：

・我兒子自從早上出了門，到現在還沒回來。

選項３「ずじまいだ／（結果）沒能…」表示沒能做成～，就這樣結束了之意。例如：

・終究沒能和幸子小姐見上一面。

Chapter 10

助動詞（判斷・推量・可能性・難易の表現）

1 文法闖關大挑戰

文法知多少？請完成以下題目，從選項中，選出正確答案，並完成句子。
《答案詳見右下角。》

1

これを一つの区切り（　　）、これまでの成果を広く知ってもらおうと思います。

1. について　2. として

1. について：針對…
2. として：把…當作

2

これだけの人材がそろえば、わが社は大きく飛躍できる（　　）。

1. に相違ない　2. にほかならない

1. に相違ない：肯定是…
2. にほかならない：全靠…

3

実験が成功したのは、あなたのがんばりがあったから（　　）。ありがとう。

1. にほかならない
2. というものではない

1. にほかならない：不是別的，正是…
2. というものではない：並非…

4

天気が悪いので、今日の山登りは中止にせ（　　）。

1. ずにはいられない
2. ざるを得ない

1. ずにはいられない：禁不住…
2. ざるを得ない：只好…

5

落ち込んでも仕方ないので、前向きに生きていく（　　）。

1. よりほかない
2. ざるを得ない

1. よりほかない：只好…
2. ざるを得ない：不得不…

6 この問題(もんだい)は、あなたの周(まわ)りでも十分(じゅうぶん)起(お)こり（　　）ことなのです。

1. うる　　2. かねる

1. うる：可能
2. かねる：難以…

7 無責任(むせきにん)な彼(かれ)のことだから、約束(やくそく)しても忘(わす)れ（　　）よ。

1. かねる　　2. かねない

1. かねる：難以…
2. かねない：很可能…

8 一億円(いちおくえん)もするマイホームなんて、私(わたし)に買(か)え（　　）。

1. っこない　　2. かねない

1. っこない：不可能…
2. かねない：很可能…

9 弱(よわ)い者(もの)をいじめるなど、許(ゆる)し（　　）行為(こうい)だ。

1. がたい　　2. にくい

1. がたい：難以…
2. にくい：不容易…

10 ご使用後(しようご)の商品(しょうひん)の返品(へんぴん)はお受(う)け致(いた)し（　　）。

1. がたいです　　2. かねます

1. がたいです：難以…
2. かねます：難以…

答案：(1)2 (2)1 (3)1 (4)2 (5)1 (6)1
(7)2 (8)1 (9)1 (10)2

2 助動詞（判斷・推量・可能性・難易の表現）總整理

- □1 を…とする
- □2 に相違ない
- □3 にほかならない
- □4 ざるを得ない
- □5 よりほかない、よりほかはない
- □6 得る、得る
- □7 かねない
- □8 っこない
- □9 がたい
- □10 かねる

3 文法比較 --- 助動詞（判斷・推量・可能性・難易の表現）

T-10

1

を…とする
「把…視為…（的）」、
「把…當做…（的）」

比較

について
「有關…」、「就…」、「關於…」

【名詞】＋を＋【名詞】＋とする。表示把一種事物當做或設定為另一種事物，或表示決定、認定的內容。「とする」的前面接表示地位、資格、名分、種類或目的的詞。

例 **この競技では、最後まで残った人を優勝とする。**
這個比賽，是以最後留下的人獲勝。

【名詞】＋について。表示前項先提出一個話題，後項就針對這個話題進行説明。

例 **江戸時代の商人について物語を書きました。**
撰寫了一個有關江戶時期商人的故事。

2

に相違ない
「一定是…」、「肯定是…」

比較

にほかならない
「完全是…」、「不外乎是…」、
「其實是…」、「無非是…」

【名詞；形容動詞詞幹；[形容詞・動詞]普通形】＋に違いない。表示説話人根據經驗或直覺或推論，冷靜、理性地做出非常肯定的判斷。跟「だろう」相比，確定的程度更強。跟「に違いない」意思相同，只是「に相違ない」比較書面語。

例 **犯人は、窓から侵入したに相違ありません。**
犯人肯定是從窗戶進來的。

【名詞】＋にほかならない。表示斷定的説事情發生的理由跟原因，就是「それ以外のなにものでもない」（不是別的，就是這個）的意思。是一種對事物的原因、結果的斷定語氣。強調説話人的判斷或解釋。

例 **女性の給料が低いのは、差別にほかならない。**
女性的薪資低，其實就是男女差別待遇。

3

にほかならない
「完全是…」、「不外乎是…」、「其實是…」、「無非是…」

比較

というものでは（も）ない
「可不是…」、「並不是…」、「並非…」

【名詞】＋にほかならない。表示斷定的説事情發生的理由跟原因，就是「それ以外のなにものでもない」（不是別的，就是這個）的意思。是一種對事物的原因、結果的斷定語氣。強調説話人的判斷或解釋。

例 **合格（ごうかく）できたのは、努力（どりょく）の結果（けっか）にほかならない。**

能考上，無非是努力的結果。

【［名詞・形容詞・形容動詞・動詞］假定形】…【［名詞・形容動詞詞幹］（だ）；形容詞辭書形】＋というものでは（も）ない。表示對某想法或主張，覺得不是非常恰當。由於內心其實是反對的，因此做出委婉的否定。

例 **上司（じょうし）の言（い）うことを全部（ぜんぶ）肯定（こうてい）すればいいというものではない。**

可不是認同上司説的每一句話就好。

4

ざるを得（え）ない
「不得不…」、「只好…」、「被迫…」

比較

ずにはいられない
「不得不…」、「不由得…」、「禁不住…」

【動詞否定形（去ない）】＋ざるを得ない。表示除此之外，沒有其他的選擇。含有説話人雖然不想這樣，但無可奈何這樣的心情。是一種深思熟慮後的行為結果。有時也表示迫於某壓力或情況，而不情願地做某事。「ざる」是「ず」的連體形。「得ない」是「得る」的否定形。

例 **上司（じょうし）の命令（めいれい）だから、やらざるを得（え）ない。**

由於是上司的命令， 也只好做了。

【動詞否定形（去ない）】＋ずにはいられない。表示自己的意志無法克制，情不自禁地做某事。有主動的，積極的語感。

例 **すばらしい風景（ふうけい）を見（み）ると、写真（しゃしん）を撮（と）らずにはいられません。**

一看到美麗的風景，就禁不住拍下照片。

5

よりほかない、よりほかはない
「只有…」、「只好…」

比較

…ざるを得ない
「不得不…」、「被迫…」

【動詞辭書形】＋よりほかない、よりほかはない。表示問題處於某種狀態，只有一種辦法，沒有其他解決的方法。因此，要轉變態度積極地面對這種狀態。

例 分からないことは、一つ一つ先輩に聞くよりほかはない。
不懂的事，只好一一請教學長了。

【動詞否定形（去ない）】＋ざるを得ない。表示除此之外，沒有其他的選擇。有時也表示迫於某壓力或情況，而違背良心地做某事。「ざる」是「ず」的連體形。「得ない」是「得る」的否定形。

例 これだけ証拠があっては、罪を認めざるを得ません。
都有這麼多證據了，就只能認罪了。

6

得る、得る
「可能」、「能」、「會」

比較

かねる
「難以…」、「不能…」、「不便…」

【動詞ます形】＋得る。表示根據情況，判斷是否可以採取這一動作，或是否有發生這種事情的可能性。如果是否定形，就表示不能採取這一動作，沒有發生這種事情的可能性。但不用在人的能力的有無上。接「ある」「起こる」「できる」等無意志的自動詞後面，只表示有…的可能，也就是「…できる、…の可能性がある」。「あり得ない」也常出現在口語。

例 コンピューターを使えば、大量のデータを計算し得る。
利用電腦，就能統計大量的資料。

【動詞ます形】＋かねる。表示由於主觀上的原因，如某種心理上的排斥感，或客觀上原因，如道義上的責任等，而難以做到某事。含有「即使想做，即使努力了，也不可能的意思」的含意。語氣較婉轉，常用於婉言謝絕或不好意思等場合。只能接在意志動詞後面。慣用句有「決めるに決めかねる」（難以決定）、「見るに見かねる」（不忍目睹）相當於「ちょっと…できない、…しにくい」。

例 その案には、賛成しかねます。
那個案子我無法贊成。

7

かねない 「很可能…」、「也許會…」、「說不定將會…」	比較	かねる 「難以…」、「不能…」、「不便…」

かねない

【動詞ます形】＋かねない。「かねない」本來是「かねる」的相反意思。表示有可能出現不希望發生的某種事態。有時用在主體道德意識薄弱，或自我克制能力差等原因，而有可能做出異於常人的某種事情。含有說話人的擔心、不安跟警戒的心情。一般用在負面的評價。

如果是人物或組織多用「なら…かねない」的句型，含有從過去的言行舉止，判斷有可能發生不好的事情的含意。一般不用在自己身上，但自己無法控制的事情可以使用。

例 **あいつなら、お金（かね）のためには人（ひと）を殺（ころ）しかねない。**

那傢伙的話，為了錢甚至很可能會殺人。

かねる

【動詞ます形】＋かねる。表示由於主觀上的原因，如某種心理上的排斥感，或客觀上原因，如道義上的責任等，而難以做到某事。含有「即使想做，即使努力了，也不可能的意思」的含意。

例 **このような仕事（しごと）はお引（ひ）き受（う）けしかねます。**

這樣的工作，我無法承接。

っこない 「不可能…」、「決不…」	比較	かねない 「很可能…」、「也許會…」、「說不定將會…」

っこない

【動詞ます形】＋っこない。表示強烈否定，某事發生的可能性。與「なんか、なんて」「こんな、そんな、あんな（に）」相呼應。

例 **こんな長（なが）い文章（ぶんしょう）は、すぐには暗記（あんき）できっこないです。**

這麼長的文章，我不可能馬上背得起來的。

かねない

【動詞ます形】＋かねない。「かねない」本來是「かねる」的相反意思。表示有可能出現不希望發生的某種事態。有時用在主體道德意識薄弱，或自我克制能力差等原因，而有可能做出異於常人的某種事情。含有說話人的擔心、不安跟警戒的心情。一般用在負面的評價。如果是人物或組織多用「なら…かねない」的句型，含有從過去的言行舉止，判斷有可能發生不好的事情的含意。一般不用在自己身上，但自己無法控制的事情可以使用。

例 **手帳（てちょう）に日時（にちじ）をメモしておかないと、うっかり忘（わす）れかねない。**

不把日期寫在筆記本，很可能一不小心就給忘了。

9

がたい
「難以…」、「很難…」

比較

にくい
「不容易…」、「難…」

【動詞ます形】＋がたい。表示做該動作難度非常高，或幾乎是不可能。即使想這樣做也難以實現。為書面用語。不能用在表示能力不足時。

例 彼女(かのじょ)との思(おも)い出(で)は忘(わす)れがたい。

很難忘記跟她在一起時的回憶。

【動詞ます形】＋にくい。表示該行為、動作不容易做，該事情不容易發生，或不容易發生某種變化。還有性質上很不容易有那樣的傾向。主要指因物理上、技術上的因素，而沒辦法把某動作做好。沒與「…やすい」相對。意志跟非意志動詞都可以接。

例 この道(みち)はハイヒールでは歩(ある)きにくい。

這條路穿高跟鞋不好走。

10

かねる
「難以…」、「不能…」

比較

がたい
「難以…」、「很難…」、「不能…」

【動詞ます形】＋かねる。表示由於主觀上的原因，如某種心理上的排斥感，或客觀上原因，如道義上的責任等，而難以做到某事。含有「即使想做，即使努力了，也不可能的意思」的含意。

例 ただいまのご質問(しつもん)は、ちょっとお答(こた)え申(もう)し上(あ)げかねます。

您現在的問題，恕我無法回答。

【動詞ます形】＋がたい。表示做該動作難度非常高，或幾乎是不可能。即使想這樣做也難以實現。為書面用語。不能用在表示能力不足時。

例 あのまじめな彼(かれ)が犯人(はんにん)だなんて、信(しん)じがたいことだ。

做事那麼認真的他，竟然是犯人，真叫人不敢相信。

4 新日檢實力測驗

問題1 （　　）に入れるのに最もよいものを、1・2・3・4から一つ選びなさい。

1 彼女は若いころは売れない歌手だったが、その後女優（　　）大成功した。

1 にとって　2 として　3 にかけては　4 といえば

2 同僚の歓迎会でカラオケに行くことになった。歌は苦手だが、1曲歌わ（　　）だろう。

1 ないに違いない　2 ないではいられない
3 ないわけにはいかない　4 ないに越したことはない

3 私には、こんな難しい数学は理解（　　）。

1 できない　2 しがたい
3 しかねる　4 するわけにはいかない

4 電話番号もメールアドレスも分からなくなってしまい、彼には連絡（　　）んです。

1 しかねる　2 しようがない
3 するわけにはいかない　4 するどころではない

5 渋滞しているね。これじゃ、午後の会議に（　　）かねないな。

1 遅れ　2 早く着き　3 間に合い　4 間に合わない

問題2 つぎの文の__★__に入る最もよいものを、1・2・3・4から一つ選びなさい。

6 ここから先は、車で行けない以上、_____ _____ __★__ _____。

1 より　2 ほかない　3 歩く　4 荷物を持って

5 翻譯與解題

問題1　（　　）に入れるのに最もよいものを、1・2・3・4から一つ選びなさい。

問題1　請從1・2・3・4之中選出一個最適合填入（　）的答案。

1　　Answer **2**

彼女は若いころは売れない歌手だったが、その後女優（　　）大成功した。

1　にとって　　2　として　　3　にかけては　　4　といえば

她年輕時雖是個默默無聞的歌手，但是後來（　　）了名氣響叮噹的女明星。

1 對…而言　　2 成（成為）　　3 以…來說　　4 提到

「（名詞）として…」は、～という立場、資格、役割で、という意味。「…」には行動や状態を表す表現が続く。

例、

・私は交換留学生として日本に来ました。例、

・彼は絵本作家として世界で高く評価されています。

《その他の選択肢》

1「（名詞）にとって」は、主に人が主語となって、その人の考えでは、という意味を表す。例、

・彼女にとって、歌はこの世で一番大切なものでした。

3「（名詞）にかけては」は、（名詞）が誰よりも上手だ、という意味。

例、

・私は声の大きさにかけては誰にも負けません。

「（名詞）として…／以…身份」表示以～的立場、資格、身份之意。「…」後面要接表示行動或狀態的敘述。例如：

・我是以交換學生的身分來到日本留學的。例如：

・他是享譽世界的繪本作家。

《其他選項》

選項1「（名詞）にとって／對於…來說」大多以人為主語，表示以該人的立場來進行判斷之意。例如：

・對她來說，歌唱曾經是世界上最重要的事。

選項3「（名詞）にかけては／在…這一點上」表示（名詞）在技術或能力上比任何人都優秀之意。例如：

・我的大嗓門絕不輸給任何人。

4「（取り上げることば）といえば」は、話題に出たことばを取り上げて、それに関する別の話をするときの言い方。例、

- A：「このレストラン、おいしいと評判ですよ」
- B：「おいしいといえば、この間もらった京都土産のお菓子、とってもおいしかったです」

選項 4「（承接話題）といえば／談到…」用在承接某個話題，並由這個話題引起另一個相關話題的時候。例如：

- A：「大家都稱讚這家餐廳好吃喔！」
- B：「說到好吃，上次收到從京都帶回來的糕餅伴手禮，真是太好吃了！」

2

Answer ❸

同僚の歓迎会でカラオケに行くことになった。歌は苦手だが、1 曲歌わ（　　）だろう。

1　ないに違いない　　2　ないではいられない

3　ないわけにはいかない　　4　ないに越したことはない

同事的迎新會決定去唱卡拉 OK 了。我雖然歌唱得不好，（　　）連一首都不唱吧。
1 肯定不　　2 實在忍不住不　　3 總不能　　4 若能不…就再好不過了

「（動詞ない形）ないわけにはいかない」で、事情があって～しなければならない、という意味を表す。例、

- 責任者なので、私が先に帰るわけにはいかないんです。

《その他の選択肢》

1「（普通形）に違いない」は、根拠があって、きっと～だろうと思う、と言いたいとき。例、

- 努力家の彼ならきっと合格するに違いない。

「（動詞ない形）ないわけにはいかない／不能不…」表示由於某緣故不能不做～之意。例如：

- 由於是負責人，我總不能自己先回去。

《其他選項》

選項 1「（形容詞普通形、動詞普通形）に違いない／一定是…」用表示在有所根據，並覺得肯定是～的時候。例如：

- 以他那麼努力，一定會通過測驗的！

2「（動詞ない形）ないではいられない」は、どうしても～することを我慢できない、どうしても～という気持ちを抑えられないという意味。例、

・被災地のことを思うと、一日も早い復興を願わないではいられません。

4「（普通形現在）に越したことはない」は、当然だが～ほうがいい、という意味。例、

・何でも安いに越したことはないよ。

選項2「（動詞ない形）ないではいられない／不由自主地…」表示意志力無法控制地做～，不由自主地做～的心情之意。例如：

・一想到災區，忍不住衷心祈禱早日恢復原貌。

選項4「（[形容詞・動詞]普通形現在）に越したことはない／最好是…」表示理所當然以～為好的意思。例如：

・什麼都比不上便宜來得好！

3

Answer **1**

私には、こんな難しい数学は理解（　　）。

1　できない　　2　しがたい　　3　しかねる　　4　するわけにはいかない

對我來說，（　　）理解這麼難的數學。

1 沒辦法　　2 難　　3 難以　　4 總不能

能力的にできない、という意味で使えるのは選択肢1のみ。

《その他の選択肢》

2、3、4はどれも、～できないという意味だが、能力的にできないという意味では使わない。

2「～がたい（難い）」はその動作の実現が困難であることを表す。例、

・あの優しい先生があんなに怒るなんて、信じがたい気持ちだった。

3「～かねる」は、その状況や条件、その人の立場では～できないと言いたいとき。例、

能夠用於表示沒有能力的只有選項1。

《其他選項》

選項2、3、4雖都表示無法～之意。但都不能用於表示沒有能力的意思上。

選項2「～がたい（難い）／難以…」表示難以實現該動作的意思。例如：

・我實在難以想像那位和藹的老師居然會那麼生氣！

選項3「～かねる／無法…」用於表達在該狀況或條件，該人的立場上，難以做～時。例如：

・お客様の電話番号は、個人情報ですので、お教え出来かねます。

4「～わけにはいかない」は、社会的、道徳的、心理的な理由からできないと言いたいとき。

・由於顧客的電話號碼屬於個資，請恕無法告知。

選項4「～わけにはいかない／不能…」用在由於社會上、道德上、心理因素等約束，無法做～之時。

4

Answer ❷

電話番号もメールアドレスも分からなくなってしまい、彼には連絡（　　）んです。

1　しかねる　　2　しようがない

3　するわけにはいかない　　4　するどころではない

不管是電話號碼還是電子郵件帳號統統不知道，根本（　　）聯絡上他。

1 說不定　　2 沒辦法　　3 總不能　　4 不是那個時候

問題文から、連絡する方法がないという状況が分かる。「（動詞ます形）ようがない」は、～したくても方法がなくてできない、と言いたいとき。例、

・彼には頑張ろうという気持ちがないんです。助けたくても私にはどうしようもありません。

《その他の選択肢》

1「～かねる」は、その状況や条件、その人の立場では～できないと言いたいとき。例、

・会社を預かる社長として、あなたの意見には賛成しかねます。

3「～わけにはいかない」は、社会的、道徳的、心理的な理由から～できない、と言いたいとき。例、

從題目可以知道，目前的狀況是說話者沒有聯絡對方的管道。「（動詞ます形）ようがない／無法…」用在想表達即使想～也沒有方法，以致於辦不到的時候。例如：

・他根本沒有努力的決心，就算我想幫忙也幫不上忙。

《其他選項》

選項1「～かねる／難以…」用於表達由於某狀況或條件，站在該人的立場上，難以做～時。例如：

・身為領導這家公司的總經理，我無法贊同你的意見。

選項3「～わけにはいかない／不能不…」用於表達根據社會上的、道德上的、心理上的因素，而無法做～之意。例如：

・今日の食事会には先生もいらっしゃるから、時間に遅れるわけにはいかない。

4「～どころではない」は、余裕がなくて～できる状況ではないと言いたいとき。例、

・明日試験なので、テレビを見るどころじゃないんです。

・今天的餐會老師也將出席，所以實在不好意思遲到。

選項４「～どころではない／不是…的時候」用於表達因某緣由，沒有餘裕做～的情況時。例如：

・明天就要考試了，現在可不是看電視的時候。

5 Answer ❶

渋滞しているね。これじゃ、午後の会議に（　　）かねないな。

1　遅れ　　2　早く着き　　3　間に合い　　4　間に合わない

我們遇上塞車了。照這樣下去，說不定下午的會議會（　　）哦！

1 遲到　　2 提早到達　　3 趕上　　4 趕不上

「（動詞ます形）かねない」は、～という悪い結果になる可能性があると言いたいとき。例、

・彼はすごいスピードを出すので、あれでは事故を起こしかねないよ。

《その他の選択肢》

2、3は意味が反対。4は、「～かねない」はない形には接続できないので間違い。

「（動詞ます形）かねない／很可能…」用於表達有發生～這種不良結果的可能性之時。例如：

・他車子開得那麼快，不出車禍才奇怪哩！

《其他選項》

選項２、３意思是相反的。選項４由於「～かねない」前面不能接否定形，因此不正確。

問題2　つぎの文の＿★＿に入る最もよいものを、１・２・３・４から一つ選びなさい。

問題２下文的＿★＿中該填入哪個選項，請從１・２・３・４之中選出一個最適合的答案。

6

Answer ❶

ここから先は、車で行けない以上、＿＿　＿＿　＿★＿　＿＿。

1　より　　2　ほかない　　3　歩く　　4　荷物を持って

從這裡開始，既然無法開車前往，那就只有帶著行李步行別無他法了。

1只有　　2別無他法了　　3步行　　4帶著行李

正しい語順：ここから先は、車で行けない以上、4荷物を持って　3歩く　1より　2ほかない。

「〜以上」は、〜のだから、という意味。「よりほかない」は、他に方法がない、という意味。１と２をつなげて文末に置き、４と３をその前に入れる。

《文法の確認》

「（動詞辞書形、た形）以上（は）」は、〜のだから、そうするのは当然だと言いたいとき。例、

・人にお金を借りた以上、きちんと返さなくちゃいけないよ。

※「以上（は）」は「上は」、「からには」と同じ。「（動詞辞書形）よりほかない」は、それ以外に方法や選択肢はない、という意味。「〜しかない」も同じ。例、

・新商品を出したいなら、部長会議で承認を得るよりほかないよ。

正確語順：從這裡開始，既然無法開車前往，那就　1只有　4帶著行李　3步行　2別無他法了。

「〜以上／既然…」指因為〜之意。「よりほかない／只有…」表示沒有其他解決問題的辦法之意。1與2相接，填入句尾，再把4與3填入其前。

《確認文法》

「（動詞辭書形・た形）以上（は）／既然…，就…」用於表達因為〜，當然相對地就要那麼做之時。例如：

・既然向人借了錢，就非得老老實實還錢才行喔！

※「以上（は）／既然…，就…」跟「上は／既然…」、「からには／既然…」意思一樣。「（動詞辭書形）よりほかない／只好…」指除此之外，沒有其他的方法或選項。「〜しかない／只好…」意思也一樣。例如：

・如果想推出新產品，一定要在經理會議中通過才行啊！

N3 文法溫一下

五十音順	文法		中譯	讀書計畫
は	ばよかった		…就好了	
	はんめん		另一面…、另一方面…	
へ	べき、べきだ		必須…、應當…	
ほ	ほかない、ほかはない		只有…、只好…、只得…	
	ほど		越…越；…得、…得令人	
ま	までには		…之前、…為止	
み	み		帶有…、…感	
	みたい（だ）、みたいな		好像…；想要嘗試…	
む	むきの、むきに、むきだ		朝…；合於…、適合…	
	むけの、むけに、むけだ		適合於…	
も	もの…	もの、もん	因為…嘛	
		ものか	哪能…、 怎麼會…呢、 決不…、 才不…呢	
		ものだ	過去…經常、以前…常常	
		ものだから	就是因為…，所以…	
		もので	因為…、由於…	
よ	よう…	ようがない、ようもない	沒辦法、無法…；不可能…	
		ような	像…樣的、宛如…一樣的…	
		ようなら、ようだったら	如果…、要是…	
		ように	為了…而…；希望…、 請…；如同…	
		ように（いう）	告訴…	
		ようになっている	會…	
	より（ほか）ない、ほか（しかたが）ない		只有…、除了…之外沒有…	
わ	句子＋わ		…啊、…呢、…呀	
	わけ…	わけがない、わけはない	不會…、 不可能…	
		わけだ	當然…、 難怪…； 也就是說…	
		わけではない、わけでもない	並不是…、並非…	
		わけにはいかない、わけにもいかない	不能…、不可…	
	わりに（は）		（比較起來）雖然…但是…、但是相對之下還算…、 可是…	
を	をこめて		集中…、傾注…	
	をちゅうしんに（して）、をちゅうしんとして		以…為重點、以…為中心、圍繞著…	
	をつうじて、をとおして		透過…、通過…；在整個期間…、在整個範圍…	
	をはじめ、をはじめとする、をはじめとして		以…為首、…以及…、…等等	
	をもとに、をもとにして		以…為根據、以…為參考、在…基礎上	
ん	んじゃない、んじゃないかとおもう		不…嗎、莫非是…	
	んだ…	んだって	聽說…呢	
		んだもん	因為…嘛、誰叫…	

Chapter 11

助動詞（樣態・傾向・限定・程度の表現）

1 文法闖關大挑戰

文法知多少？請完成以下題目，從選項中，選出正確答案，並完成句子。
《答案詳見右下角。》

1 喧嘩(けんか)した翌日(よくじつ)、妻(つま)はまるで何事(なにごと)もなかった（　　）振舞(ふるま)っていた。
1. かのように　2. ように

1. かのように：像…一樣的
2. ように：像…似的

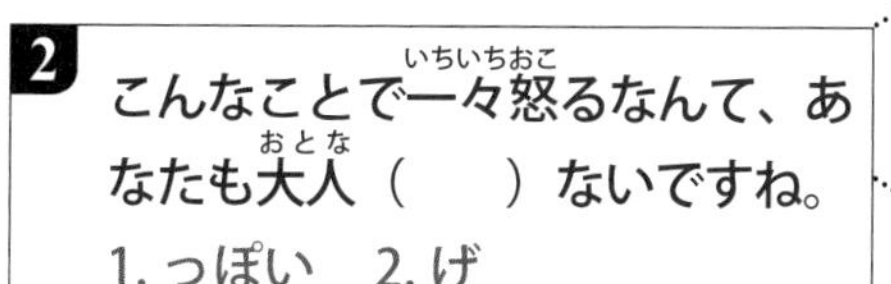

2 こんなことで一々(いちいち)怒(おこ)るなんて、あなたも大人(おとな)（　　）ないですね。
1. っぽい　2. げ

1. っぽい：…的傾向
2. げ：…的感覺

3 地球(ちきゅう)は次第(しだい)に温暖化(おんだんか)し（　　）。
1. つつある
2. ようとしている

1. つつある：正在…
2. ようとしている：即將要…

4 君(きみ)の話(はなし)は、単(たん)なる言(い)い訳(わけ)（　　）。
1. にすぎない　2. にほかならない

1. にすぎない：只不過是
2. にほかならない：全靠…

5 赤(あか)ん坊(ぼう)をお風呂(ふろ)に入(い)れると、気持(きも)ちよくて（　　）という顔(かお)をしていた。
1. しょうがない　2. たまらない

1. しょうがない：…得不得了
2. たまらない：非常…

6 どんなことがあっても、生(い)き（　　）んだよ。
1. きる　2. 抜(ぬ)く

1. きる：…完
2. 抜く：做到底…

7 きれい！さすが人気(にんき)モデル（　）。
1. だけのことはある
2. どころではない

1. だけのことはある：不愧是…
2. どころではない：哪有…

答案：(1)1 (2)2 (3)1 (4)1 (5)2 (6)2 (7)1

2 助動詞（様態・傾向・限定・程度の表現）總整理

□1かのようだ
□2げ
□3つつある
□4にすぎない
□5てしょうがない
□6抜く
□7だけのこと（は、が）ある

3 文法比較 --- 助動詞（様態・傾向・限定・程度の表現）

T-11

1

かのようだ
「像…一樣的」、「似乎…」

比較

ようだ
「像…似的」、「宛如…一樣」、「似乎…」

【[名詞・形容動詞詞幹]（である）；[形容詞・動詞]普通形】＋かのようだ。由終助詞「か」後接「のようだ」而成。經常以「かのような」、「かのように」的形式出現。表示不確定的比喻或判斷。實際上不是那樣，可是感覺的或做的卻像是那樣的狀態。多用來説明跟實際互相矛盾或假想的事物。

例 **先生は、まるで実物を見たことがあるかのように話します。**
老師像是看過實物般地敘述著。

【名詞の；動詞辭書形；動詞た形】＋ようだ；【名詞の；形容動詞詞幹な；[形容詞・動詞]普通形】＋ようだ。表示比喻、例舉，是委婉的、不確切的判斷或推測。是説話人對事物的外表，或自己的感覺（視覺、聽覺、味覺等），來進行推測性的判斷。詞尾變化跟形容動詞相同。

例 **電車が遅れているところを見ると、何か事故があったようだ。**
從電車誤點來看，似乎發生了什麼事故。

2

げ
「…的感覺」、「好像…的樣子」

比較

っぽい
「…的傾向」

【[形容詞・形容動詞]詞幹；動詞ます形】＋げ。表示帶有某種樣子、傾向、心情及感覺。書寫語氣息較濃。

例 **可愛げのない女の人は嫌いです。**
我討厭一點都不可愛的女人。

【名詞；動詞ます形】＋っぽい。表示前接詞的某種傾向或特點比較明顯，有時候會帶有否定評價的語氣。跟「っぽい」比起來，「らしい」具有肯定評價的語氣。

例 **彼女は子どもっぽい性格だ。**
她個性像個小孩。

3

つつある
「正在…」

比較

（よ）うとしている
「即將要…」

【動詞ます形】＋つつある。接繼續動詞後面，表示某一動作或作用正向著某一方向持續發展。表示動作、狀況、狀態的變化，按一定的方向持續著。經常和「だんだん、次第に、徐々に、少しずつ、ほぼ、ようやく」等副詞一起使用。有時候相當於「ている」，是書面語。

例 **昔(むかし)の良(よ)き伝統(でんとう)がどんどん失(うしな)われつつある。**

過去的優良傳統，正逐漸消失中。

【動詞意向形】＋（よ）うとする。表示某動作或變化，再過不久就要開始或是結束。一般多使用「始まる、終わる」等跟人的意向沒有關係的無意向動詞。

例 **会議(かいぎ)が始(はじ)まろうとしているとき、携帯(けいたい)に電話(でんわ)がかかってきた。**

會議正要開始時，手機響了。

4

にすぎない
「只是…」、「只不過…」、「不過是…而已」、「僅僅是…」

比較

にほかならない
「完全是…」、「不外乎是…」、「其實是…」、「無非是…」

【名詞；形容動詞詞幹である；[形容詞・動詞]普通形】＋にすぎない。表示程度有限。總是帶有這並不重要的「不足以…，沒有什麼大不了的」的消極評價及輕蔑語氣。

例 **これは少年犯罪(しょうねんはんざい)の一例(いちれい)にすぎない。**

這只不過是青少年犯案中的一個案例而已。

【名詞】＋にほかならない。表示斷定的說事情發生的理由跟原因，就是「それ以外のなにものでもない」（不是別的，就是這個）的意思。是一種對事物的原因、結果的斷定語氣。強調說話人的判斷或解釋。

例 **肌(はだ)がきれいになったのは、化粧品(けしょうひん)の美容効果(びようこうか)にほかならない。**

肌膚會這麼漂亮，其實是因為化妝品的美容效果。

5

てしょうがない
「得不得了」、「非常…」、「得沒辦法」

比較

てたまらない
「非常…」、「得受不了」、「得不行」、「十分…」

【形容動詞詞幹；形容詞て形；動詞て形】＋てしょうがない。前接表示心情或身體狀態的詞，表示心情或身體，處於難以抑制，不能忍受的狀態。是「てしようがない」的簡約形式，是「てしかたがない」口語表達方式。

例 彼女（かのじょ）のことが好（す）きで好（す）きでしょうがない。
我喜歡她，喜歡得不得了。

【形容詞て形；形容動詞詞幹で】＋てたまらない。前接表示感覺、感情的詞，表示說話人強烈的感情、感覺、慾望等。也就是說話人心情或身體，處於難以抑制，不能忍受的狀態。

例 名作（めいさく）だと言（い）うから読（よ）んでみたら、退屈（たいくつ）でたまらなかった。
說是名作，看了之後卻覺得無聊透頂。

6

抜（ぬ）く
「做到底」

比較

切（き）る
「…完」；「充分」、「完全」、「到極限」；「不了…」、「不能完全…」

【動詞ます形】＋抜く。表示把必須做的事，徹底做到最後，含有經過痛苦而完成的意思。

例 苦（くる）しかったが、ゴールまで走（はし）り抜（ぬ）きました。
雖然很苦，但還是跑完全程。

【動詞ます形】＋切る。有接尾詞作用。接意志動詞的後面，表示行為、動作做到完結、竭盡、堅持到最後。

例 砂糖（さとう）を使（つか）い切（き）りました。
砂糖用完了。

7

だけのこと（は、が）ある
「到底沒白白…」、「值得…」、「不愧是…」、「也難怪…」

比較

どころではない
「哪有…」、「不是…的時候」、「哪裡還…」

【名詞；形容動詞詞幹な；[形容詞・動詞] 普通形】＋だけのこと（は、が）ある。表示與其做的努力、所處的地位、所經歷的事情等名實相符，對其後項的結果、能力等給予高度的讚美。前項表示地位、職位之外，也可表示評價或特徵。後項多為正面的評價。

例 **彼（かれ）の研究成果（けんきゅうせいか）はすばらしく、さすが出版（しゅっぱん）されるだけのことはある。**

他的研究成果太傑出了，的確是有出版的價值。

【名詞；動詞辭書形】＋どころではない。表示遠遠達不到某種程度，或大大超出某種程度。前面要接想像或期待的行為、動作。後項正負面評價皆可。

例 **怖（こわ）いどころではなく、恐怖（きょうふ）のあまり涙（なみだ）が出（で）てきました。**

何止是害怕，根本被嚇得飆淚了。

4 新日檢實力測驗

問題１　次の文章を読んで、文章全体の内容を考えて、［1］から［5］の中に入る最もよいものを、1・2・3・4の中から一つ選びなさい。

「自販機大国日本」

お金を入れるとタバコや飲み物が出てくる機械を自動販売機、略して自販機というが、日本はその普及率が世界一と言われる［1］、自販機大国だそうである。外国人はその数の多さに驚くとともに、自販機の機械そのものが珍しいらしく、写真に撮っている人もいるらしい。

それを見た渋谷のある商店の店主が面白い自販機を考えついた。［2］、日本土産が購入できる自販機である。その店主は、タバコや飲み物の自動販売機に、自分で手を加えて作ったそうである。

その自販機では、手ぬぐいやアクセサリーなど、日本の伝統的な品物や日本らしい絵が描かれた小物を販売している。値段は1,000円前後で、店が閉まった深夜でも利用できるそうである。利用者はほとんど外国人で、「治安の良い日本ならでは」「これぞジャパンテクノロジーだ」などと、評判も上々のようである。

商店が閉まった夜中でも買えるという点では、たしかに便利だ。［3］、買い忘れた人へのお土産を簡単に買うことができる点でもありがたいにちがいない。しかし、一言の言葉［4］物が売られたり買われたりすることにはどうも抵抗がある。特に日本の伝統的な物を外国の人に売る場合はなおのことである。例えば手ぬぐいなら、それは顔や体を拭くものであることを言葉で説明し、［5］、「ありがとう」と心を込めてお礼を言う。それが買ってくれた人への礼儀ではないかと思うからだ。

（注１）渋谷：東京の地名
（注２）手ぬぐい：日本式のタオル
（注３）テクノロジー：技術

1

1　ほどの　　2　だけの　　3　からには　　4　ものなら

2

1　さらに　　2　やはり　　3　なんと　　4　というと

3

1　つまり　　2　それに
3　それに対して　　4　なぜなら

4

1　もなしに　　2　だけに　　3　もかまわず　　4　を抜きにしては

5

1　買えたら　　2　買ってあげたら
3　買ってもらえたら　　4　買ってあげられたら

5 翻譯與解題

問題1　次の文章を読んで、文章全体の内容を考えて、[1]から[5]の中に入る最もよいものを、1・2・3・4の中から一つ選びなさい。

問題1　請於閱讀下述文章之後，就整體文章的內容作答第[1]至[5]題，並從1・2・3・4選項中選出一個最適合的答案。

「自販機大国日本」

お金を入れるとタバコや飲み物が出てくる機械を自動販売機、略して自販機というが、日本はその普及率が世界一と言われる[1]、自販機大国だそうである。外国人はその数の多さに驚くとともに、自販機の機械そのものが珍しいらしく、写真に撮っている人もいるらしい。

それを見た渋谷のある商店の店主が面白い自販機を考えついた。[2]、日本土産が購入できる自販機である。その店主は、タバコや飲み物の自動販売機に、自分で手を加えて作ったそうである。

その自販機では、手ぬぐいやアクセサリーなど、日本の伝統的な品物や日本らしい絵が描かれた小物を販売している。値段は1,000円前後で、店が閉まった深夜でも利用できるそうである。利用者はほとんど外国人で、「治安の良い日本ならでは」「これぞジャパンテクノロジーだ」などと、評判も上々のようである。

商店が閉まった夜中でも買えるという点では、たしかに便利だ。[3]、買い忘れた人へのお土産を簡単に買うことができる点でもありがたいにちがいない。しかし、一言の言葉[4]物が売られたり買われたりすることにはどうも抵抗がある。特に日本の伝統的な物を外国の人に売る場合はなおのことである。例えば手ぬぐいなら、それは顔や体を拭くものであることを言葉で説明し、[5]、「ありがとう」と心を込めてお礼を言う。それが買ってくれた人への礼儀ではないかと思うからだ。

(注1) 渋谷：東京の地名
(注2) 手ぬぐい：日本式のタオル
(注3) テクノロジー：技術

〈自動販賣機的王國——日本〉

只要投錢進去就會掉出香菸或飲料的機器稱為自動販賣機，日文簡稱「自販機」，在日本的普及率 1 高達世界第一，因此日本稱得上是自動販賣機的王國。外國人對於日本的自動販賣機數量之多感到驚訝，聽說甚至有人覺得新奇，還特地拍下自動販賣機的照片。

有一位在澀谷開店的老闆在看到那些外國人的反應之後，靈機一動， 2 設計出能夠購買日本伴手禮的自動販賣機。據説那位老闆是將一般販賣香菸或飲料的自動販賣機，親手加工改造而成的。

那台自動販賣機銷售的是日式手巾、飾品等等日本傳統的物品與繪有日本風情圖案的小玩意，價格訂為一千日圓左右，即使店鋪打烊之後的深夜時分也能購買。絕大多數的顧客都是外國人，他們對這個巧思讚不絕口：「果然只有在治安良好的日本才能採用這種銷售方式！」、「真不愧是先進的日本技術！」

商店打烊之後的夜裡也能購買，就這點而言確實便利； 3 能夠輕鬆容易買到漏買的贈禮，這一點也相當讓人感謝。然而，我實在無法認同這種 4 一句話 4 就銷售或購買物品的交易方式。尤其是將具有日本傳統文化的物品賣給外國人的時候，更是如此。比方賣日式手巾的時候，應該以口頭説明那是用來擦拭臉部和身體的用品， 5 如果顧客買下，就該誠心誠意向顧客道謝説聲「感謝」，那才是對購買商品的客人應盡的禮儀，不是嗎？

(注 1) 渋谷：澀谷，東京地名。

(注 2) 手ぬぐい：日式手巾。

(注 3) テクノロジー：技術。

1

Answer ❶

1　ほどの	2　だけの	3　からには	4　ものなら
1 堪稱	2 能夠…的…	3 既然…就…	4 如果…那麼…

日本は自販機の普及率がどのくらい高いのかを説明している文。程度の高さを強調するとき、「～ほど（の）」という。例、

・今回の君の失敗は、会社がつぶれるほどの大きな問題なんだよ。

※「ほど」は「くらい」と同じ。

《その他の選択肢》

2「だけの」は、範囲を表す。例、

・できるだけのことは全部しました。

3「からには」は、～のなら当然、という意味。例、

・やるからには全力でやります。

4「ものなら」は、もし～できるなら、という意味。例、

・できるものなら過去に戻りたい。

這裡是針對日本自動販賣機的普及率有多高而進行說明。強調程度的高度時用「～ほど（の）／堪稱」。例如：

・你這次失敗是相當嚴重的問題，差一點就害公司倒閉了！

※「ほど」與「くらい／到…程度」意思相同。

《其他選項》

選項2「だけの／能夠…的…」表示範圍。例如：

・能夠做的部分，已經統統都做了。

選項3「からには／既然…，就…」表示既然～，就理所當然的意思。例如：

・既然要做，就得竭盡全力！

選項4「ものなら／要是能…就…」表示如果能～的話的意思。例如：

・可以的話，我想回到從前。

2

Answer ❸

1　さらに	2　やはり	3　なんと	4　というと
1 更加	2 果然	3 居然	4 提起

「なんと」は、続けて述べる内容への驚きや感動などを伝えることば。例、

・おめでとうございます。なんと100万円の旅行券が当たりましたよ。

「なんと／居然」是對接下來即將敘述的內容表現出驚訝或感動的語詞。例如：

・恭喜！您抽中了價值百萬圓的旅遊券喔！

《その他の選択肢》

1「さらに」は程度が今より進むことを言うとき。例、

・バターを少し入れると、さらにおいしくなります。

2「やはり」は予想通りという意味。やっぱり。

4「というと」は、それから連想することを言うとき。例、

・上海というと、夜景がきれいだったのを思い出す。

《其他選項》

選項１「さらに／更加」表示程度比現在更有甚之。例如：

・只要加入一點點奶油，就會變得更美味。

選項２「やはり／果然」是和預想的一樣的意思。也用「やっぱり」的形式。

選項４「というと／一提到…」表示從某個話題引起聯想之意。例如：

・一提到上海，就會回憶起那裡的美麗夜景。

3 Answer ❷

1　つまり	2　それに	3　それに対して	4　なぜなら
1 換句話說	2 況且	3 相較於此	4 因為

前の文には「便利だ」とあり、後の文には「ありがたいにちがいない」とある。前後で同じよいことを言っているので、２を選ぶ。「それに」は、同じようなものを付け加えるときの言い方。

《その他の選択肢》

1「つまり」は別のことばで言いかえるとき。例、

・この人は母の姉、つまり伯母です。

3「それに対して」は二つを比べるとき。

4「なぜなら」は理由を説明するとき。

前文有「便利」，後文有「相當讓人感謝」。由於前後說的都是好事，所以選表示再添加上相同事物之意的２「それに／況且」。

《其他選項》

選項１「つまり／換句話說」用在以別的說法來換句話說之時。例如：

・這一位是媽媽的姊姊，也就是我的阿姨。

選項３「それに対して／相較於此」用於比較兩件事物之時。

選項４「なぜなら／因為」用於說明理由的時候。

4

Answer ❶

1　もなしに　　2　だけに　　3　もかまわず　　4　を抜きにしては

| 1 連…也沒有　　2 正因為　　3 不顧…　　4 沒有…就（不能）…

「一言の言葉」と「物が売られたり買われたりすること」の関係を考える。「自販機」での買い物には「一言の言葉」がない。筆者は抵抗を感じると言っているので、「一言の言葉もない状態で」という意味になるものを選ぶ。

《その他の選択肢》

3「もかまわず」は、～を気にしないで、という意味。例、

・彼女は濡れるのもかまわず、雨の中を走り出した。

4「を抜きにしては」は、～がなければ…できない、という言い方。例、

・鈴木選手の活躍を抜きにしては、優勝はあり得なかった。

本題要從前後文的「一句話」與「就銷售或購買物品的交易方式」兩句話的關係進行推敲。在「自動販賣機」購物「一句話」都不用講。作者指出實在無法認同，因此，必須選出意思為「一句話都沒有說的狀態下」的選項出來。

《其他選項》

選項 3「もかまわず／不顧…」表示對～不介意，不放在心上之意。例如：

・她不顧會被淋濕，在雨中跑了起來。

選項 4「を抜きにしては／沒有…就（不能）…」用於表示沒有～，…就很難成立之意。例如：

・沒有鈴木運動員活躍的表現，就不可能獲勝了。

5

Answer ❸

1　買えたら　　2　買ってあげたら

3　買ってもらえたら　　4　買ってあげられたら

| 1 如果能買　　2 如果買給他　　3 如果顧客買下　　4 如果能夠為他買下

ひとつ前の文に「外国の人に売る場合は」とあり、主語は売る側の店主。店主の視点に立つと「私は（外国の人に）…説明し、…お礼を言う」という文。**5** には、「（私は）外国の人に手ぬぐいを買ってもらうとき」という意味の言い方が入る。

前一句話有「賣給外國人的時候」，得知主語是賣方的業主。站在業主的角度的話，句子就成為「我（給外國人）…說明，道謝…」了。這樣一來 **5** 就要填入意思為「（我）在外國人買下日式手巾的時候」的內容。

Chapter

12 助動詞（感情・意外・常識・事情の表現）

1 文法闖關大挑戰

文法知多少？請完成以下題目，從選項中，選出正確答案，並完成句子。

《答案詳見右下角。》

1 これまで何度(なんど)彼(かれ)と別(わか)れようと思(おも)った（　　）。

1. ことだ　　2. ことか

1. ことだ：最好…
2. ことか：得多麼…啊

2 こんな嫌(いや)なことがあった日(ひ)は、酒(さけ)でも飲(の)ま（　　　）。

1. ずにはいられない
2. よりほかかない

1. ずにはいられない：禁不住…
2. よりほかかない：只有…

3 あまりに痛(いた)かったので、叫(さけ)ば（　　　）。

1. ざるをえなかった
2. ないではいられなかった

1. ざるをえなかった：只得…
2. ないではいられなかった：忍不住要…

4 彼女(かのじょ)の演技(えんぎ)には人(ひと)をひきつける（　　）。

1. ものがある　2. ことがある

1. ものがある：很…
2. ことがある：有時

5 センター試験(しけん)が目前(もくぜん)ですから、正月休(しょうがつやす)み（　　　）んですよ。

1. どころではない
2. よりほかかない

1. どころではない：實在不能…
2. よりほかかない：只好

6 温泉(おんせん)に入(はい)って、酒(さけ)を飲(の)む。これぞ極楽(ごくらく)（　　　）。

1. ということだ
2. というものだ

1. ということだ：這就是…
2. というものだ：實在是…

7 世(よ)の中(なか)は、万事金(ばんじかね)（　　）。

1. 次第(しだい)だ
2. に基(もと)づく

1. 次第だ：要看…而定
2. に基づく：根據…

答案：(1)2 (2)1 (3)2 (4)1 (5)1 (6)2 (7)1

2 助動詞（感情・意外・常識・事情の表現）總整理

□1 ことか
□2 ずにはいられない
□3 ないではいられない
□4 ものがある
□5 どころではない、どころではなく
□6 というものだ
□7 次第だ

3 文法比較 --- 助動詞（感情・意外・常識・事情の表現）

1

ことか
「得多麼…啊」、「啊」、「呀」

比較

ことだ
「就得…」、「要…」、「應當…」、「最好…」

【疑問詞】＋【形容動詞詞幹な；[形容詞・動詞]普通形】＋ことか。表示該事物的程度如此之大，大到沒辦法特定。含有非常感慨的心情。常跟「どんなに、どれだけ、何度、なんと」等副詞，或「いくら、何人」等疑問詞一起使用。也常說成「ことだろう、ことでしょう」。意思相當於「非常に…だ」。

例 それを聞(き)いたら、お母(かあ)さんがどんなに悲(かな)しむことか。
聽了那個以後，母親會多傷心啊！

【動詞辭書形；動詞否定形】＋ことだ。表示一種間接的忠告或命令。說話人忠告對方，某行為是正確的或應當的，或某情況下將更加理想。口語中多用在上司、長輩對部屬、晚輩或用在同輩之間。意思相當於「したほうがよい」。

例 不平(ふへい)があるなら、はっきり言(い)うことだ。
如果有什麼不滿，最好要說清楚。

2

ずにはいられない
「不得不…」、「不由得…」、「禁不住…」

比較

よりほか（は）ない
「只有…」、「只好…」、「只能…」

【動詞否定形（去ない）】＋ずにはいられない。表示自己的意志無法克制，情不自禁地做某事。有主動的，積極的語感。

例 かわいいらしい食器(しょっき)を見(み)つけたので、買(か)わずにはいられなかった。
看到可愛的碗盤，不禁就想買。

【名詞；動詞辭書形】＋よりほか（は）ない。表示問題處於某種狀態，只有一種辦法，沒有其他解決的方法。因此，要轉變態度積極地面對這種狀態。

例 売(う)り上(あ)げをアップさせるには、笑顔(えがお)でサービスするよりほかはない。
想提高銷售額，只有面帶微笑服務顧客一途了。

ないではいられない
「不能不…」、「忍不住要…」、「不禁要…」、「不…不行」、「不由自主地…」

比較

ざるを得(え)ない
「不得不…」、「只好…」、「被迫…」

【動詞否定形】＋ないではいられない。表示意志力無法控制，自然而然地內心衝動想做某事。

例 **紅葉(こうよう)がとてもきれいで、歓声(かんせい)を上(あ)げないではいられなかった。**

楓葉真是太美了，不禁歡呼了起來。

【動詞否定形（去ない）】＋ざるを得ない。表示除此之外，沒有其他的選擇。含有說話人雖然不想這樣，但無可奈何這樣的心情。是一種深思熟慮後的行為結果。有時也表示迫於某壓力或情況，而不情願地做某事。「ざる」是「ず」的連體形。「得ない」是「得る」的否定形。

例 **上司(じょうし)の命令(めいれい)だから、やらざるを得(え)ない。**

因為是上司的命令，不得不做。

4

ものがある
「有價值」、「確實有…的一面」、「非常…」

比較

ことがある
「有時…」、「偶爾…」

【形容動詞詞幹な；[形容詞・動詞]辭書形】＋ものがある。表示強烈斷定。由於說話人看到或聽到了某些特徵，而發自內心的肯定。

例 **あのお坊(ぼう)さんの話(はなし)には、聞(き)くべきものがある。**

那和尚說的話，確實有一聽的價值。

【動詞辭書形；動詞否定形】＋ことがある。表示有時或偶爾發生某事。有時跟「ときどき」（有時）、「たまに」（偶爾）等，表示頻度的副詞一起使用。由於發生頻率不高，所以不能跟頻度高的副詞如「いつも」（常常）、「たいてい」（一般）等使用。

例 **友人(ゆうじん)とお酒(さけ)を飲(の)みに行(い)くことがあります。**

我有跟朋友去喝酒過。

5

どころではない
「哪有…」、「不是…的時候」、「哪裡還…」

比較

よりほか（は）ない
「只有…」、「只好…」、「只能…」

【名詞；動詞辭書形】＋どころではない。表示遠遠達不到某種程度，或大大超出某種程度。前面要接想像或期待的行為、動作。後項正負面評價皆可。

例 資金(しきん)が足(た)りなくて、計画(けいかく)を実行(じっこう)するどころではない。
資金不夠，計畫哪有辦法進行啊。

【名詞；動詞辭書形】＋よりほか（は）ない。表示問題處於某種狀態，只有一種辦法，沒有其他解決的方法。因此，要轉變態度積極地面對這種狀態。

例 努力(どりょく)するよりほかに成功(せいこう)する道(みち)はない。
努力是唯一的成功之路。

6

というものだ
「也就是…」、「就是…」

比較

ということだ
(1)「也就是…」、「這就是…」；
(2)「聽說…」、「據說…」

【名詞；形容動詞詞幹；動詞辭書形】＋というものだ。表示對某事物提出自己的感想或判斷。前項是某事物，後項是針對前項提出感想或判斷。有時可以用在充滿感慨之情。

例 真冬(まふゆ)の運河(うんが)に飛(と)び込(こ)むとは、無茶(むちゃ)というものだ。
寒冬跳入運河，是件荒唐的事。

【簡體句】＋ということだ。(1)表示結論或總結說話的內容。表示說話人根據前項的情報或狀態得到某種結論，或對前面的內容加以解釋。有時候是在聽了對方的話後，向對方確認。(2)表示傳聞。可以使用直接或間接的形式，而且可以跟各種時態的動詞連用。

例 ご意見(いけん)がないということは、皆(みな)さん、賛成(さんせい)ということですね。
沒有意見的話，就是大家都贊成的意思了。

例 天気予報(てんきよほう)によると、今度(こんど)の台風(たいふう)は大型(おおがた)だということです。
據氣象報告說，這一次是超大型的颱風。

7

次第だ（しだい）

「全憑…」、「要看…而定」、「決定於…」

比較

に基づいて（もと）

「根據…」、「按照…」、「基於…」

【名詞】＋次第だ。表示行為動作要實現，全憑「次第だ」前面的名詞的情況而定。也就是「によって決まる」。

例 **計画（けいかく）がうまくいくかどうかは、君（きみ）たちの働（はたら）き次第（しだい）だ。**

計畫能否順利進行，全看你們怎麼做了。

【名詞】＋に基づいて。表示以某事物為根據或基礎。

例 **違反者（いはんしゃ）は法律（ほうりつ）に基（もと）づいて処罰（しょばつ）されます。**

依法處罰違反者。

4 新日検實力測驗

問題１　次の文章を読んで、文章全体の内容を考えて、[1] から [5] の中に入る最もよいものを、1・2・3・4の中から一つ選びなさい。

「結構です」

「結構です」という日本語は、使い方がなかなか難しい。

例えば、よそのお宅にお邪魔しているとき、その家のかたに、「甘いお菓子がありますが、[1] ？」と言われたとする。そのとき、次のような二種類の答えが考えられる。

A「ああ、結構ですね。いただきます。」

B「いえ、結構です。」

Aの「結構」は、相手の言葉に賛成して、「いいですね」という意味を表す。

[2]、Bの「結構」は、これ以上いらないと丁寧に断る言葉である。同じ「結構」でも、まるで反対の意味を表すのだ。したがって、「いかがですか」と菓子を勧めた人は、「結構」の意味を、前後の言葉、例えばAの「いただきます」や、Bの「いえ」などによって、または、その言い方や調子によって判断する [3]。日本人には簡単なようでも、外国の人 [4] 使い分けが難しいのではないだろうか。

また、「結構」には、もう一つ、ちょっとあいまいに思えるような意味がある。

[5]、「これ、結構おいしいね。」「結構似合うじゃない。」などである。この「結構」は、「かなりの程度に。なかなか。」というような意味を表す。「非常に。とても。」などと比べると、少しその程度が低いのだ。

いずれにしても、「結構」という言葉は結構あいまいな言葉ではある。

1

1　いただきますか　　2　くださいますか
3　いかがですか　　4　いらっしゃいますか

2

1　これに対して　　2　そればかりか
3　それとも　　4　ところで

3

1　わけになる　　2　はずになる
3　ものになる　　4　ことになる

4

1　に対しては　　2　にとっては
3　によっては　　4　にしては

5

1　なぜなら　　2　たとえば
3　そのため　　4　ということは

問題1　次の文章を読んで、文章全体の内容を考えて、[1]から[5]の中に入る最もよいものを、1・2・3・4の中から一つ選びなさい。

問題1　請於閱讀下述文章之後，就整體文章的內容作答第[1]至[5]題，並從1・2・3・4選項中選出一個最適合的答案。

「結構です」

「結構です」という日本語は、使い方がなかなか難しい。

例えば、よそのお宅にお邪魔しているとき、その家のかたに、「甘いお菓子がありますが、[1]？」と言われたとする。そのとき、次のような二種類の答えが考えられる。

A「ああ、結構ですね。いただきます。」

B「いえ、結構です。」

Aの「結構」は、相手の言葉に賛成して、「いいですね」という意味を表す。

[2]、Bの「結構」は、これ以上いらないと丁寧に断る言葉である。同じ「結構」でも、まるで反対の意味を表すのだ。したがって、「いかがですか」と菓子を勧めた人は、「結構」の意味を、前後の言葉、例えばAの「いただきます」や、Bの「いえ」などによって、または、その言い方や調子によって判断する[3]。日本人には簡単なようでも、外国の人[4]使い分けが難しいのではないだろうか。

また、「結構」には、もう一つ、ちょっとあいまいに思えるような意味がある。

[5]、「これ、結構おいしいね。」「結構似合うじゃない。」などである。この「結構」は、「かなりの程度に。なかなか。」というような意味を表す。「非常に。とても。」などと比べると、少しその程度が低いのだ。

いずれにしても、「結構」という言葉は結構あいまいな言葉ではある。

「結構です」

該如何正確運用「結構です」這句日語，相當不容易掌握。

比方說，到別人家作客時，主人說：「家裡有甜點，[1]？」這時候，有以下兩種回答的方式：

A：「喔，好啊，那就不客氣了。」

B：「不，不用了。」

回答 A 的「結構」意思是「好呀」，表示贊同對方。

[2]，回答 B 的「結構」則是委婉拒絕對方，表示不再需要了。同樣一句「結構」，卻含有完全相反的語意。因此，當邀請對方吃甜點的人說出「要不要嚐一些呢」之後，在聽到對方回答「結構」時，必須根據其前後的語句，比如回答 A 的「那就不客氣了」或是回答 B 的「不」，以及對方說話的口吻和語氣[3]。這在日本人看來很簡單，但[4]外國人[4]或許很難辨別該如何正確運用。

此外，「結構」還有另一個有點模糊的含意。

[5]，「這個還滿好吃的唷！」「挺適合你的嘛！」。這裡的「結構」，意思是「相當地、頗為」。與「非常、極為」相較之下，程度略低一些。

總而言之，「結構」是一個頗為模糊的詞語。

1 Answer ❸

1 いただきますか	2 くださいますか
3 いかがですか	4 いらっしゃいますか
1 可以嗎	2 願意嗎
3 要不要嚐一些呢（好嗎）	4 是嗎

ものを勧めるときのことば。「どうですか」の丁寧な言い方。

這是推薦事物所用的語詞。「どうですか／要不要嚐一些呢」是有禮貌的說法。

2 Answer ❶

1 これに対して		2 そればかりか	
3 それとも		4 ところで	
1 相較於此	2 不僅如此	3 還是說	4 即便

2 前の文でAの説明をし、後の文でBの説明をしている。

「（名詞、普通形＋の）に対して」は、～と比べて、～とは違って、という意味。例、

- 工場建設について住民の意見は、賛成20%に対して、反対は60%にのぼった。

2 前面的文章是在說明A，後面的文章是在說明B。

「（名詞、[形容詞・動詞]普通形＋の）に対して／對（於）…」表示與～相比較，與～情況不同的意思。例如：

- 關於建蓋工廠，當地居民有20%贊成，至於反對的人則高達了了60%。

3 Answer ❹

1 わけになる		2 はずになる	
3 ものになる		4 ことになる	
1 X	2 X	3 成為	4 判斷

「ことになる」は事実や状況から、当然そうなると言いたいとき。例、

・頭のいい彼とゲームをすると、結局いつも僕が負けることになるんだ。

《その他の選択肢》

その他の選択肢は、どれも文型ではない。

「ことになる／總是…」用在表達從事實或情況來看，當然會有如此結果時。例如：

・每次和頭腦聰明的他比賽，結果總是我輸。

《其他選項》

其他選項都不是句型。

4

Answer ❷

1　に対しては	2　にとっては
3　によっては	4　にしては

1 相對於…　2 對…而言　3 隨著…而　4 就…來說

「日本人には簡単」に対して、「外国の人 **4** 難しい」となっている。「（名詞）にとって」は、～の立場で考えると、という意味。

《その他の選択肢》

1 **2** 参照

3「によっては」は、～が原因で、という意味。例、

・少子化によって小学校の閉鎖が続いている。

4「にしては」は、～という事実から考えると予想外だ、という意味。例、

・今日は5月にしては暑いね。

相較於「這在日本人看來很簡單」，而「但 **4** 外國人 **4** 或許很難」。「（名詞）にとって／對於…來說」表示站在～的立場，來判斷的意思。

《其他選項》

選項1請參閱 **2**

選項3「によっては／因為…」表示就是因為～的意思。例如：

・受到少子化的影響，小學一所接著一所停辦。

選項4「にしては／就…而言算是…」表示以～這一現實的情況，跟預想的出入很大的意思。例如：

・以五月來說，今天真熱呀！

5 Answer **2**

1 なぜなら　　2 たとえば
3 そのため　　4 ということは

| 1 那是因為　2 舉例來說　3 也因此　4 也就是說

5 の前の文では、「結構」にもう一つ、意味がある、と言っている。後の文では、例をあげてその意味を説明している。２は例をあげて説明するときの言い方。

《その他の選択肢》

1「なぜなら」は原因、理由を説明するときの言い方。例、

・彼を信用してはいけない。なぜなら彼は今までに何度も嘘をついたからだ。

3「そのため」は原因、理由を述べた後で、その結果を言うとき。例、

・担任が変わった。そのためクラスの雰囲気も大きく変わった。

4「ということは」は、分かり易く言いかえて説明するときの言い方。例、

・今期は営業成績がよくない。ということはボーナスも期待できないということだ。

5 前面的文章說的是「結構／非常」的另一層意思。後面的文章則舉例加以說明。而２是用在舉例進行說明的時候。

《其他選項》

選項１「なぜなら／那是因為」用在說明原因、理由的時候。例如：

・不可以相信他！因為他到目前為止，已經撒過好幾次謊了。

選項３「そのため／也因此」用在敘述原因、理由之後，說明導致其結果的時候。例如：

・班級導師換人了，因此班上的氣氛也有了很大的變化。

選項４「ということは／也就是說」以簡單易懂的方式進行解釋的時候。例如：

・這一期的業務績效並不佳；也就是說，獎金沒指望了。

JLPT
新制日檢模擬考題

第 1 回
第 2 回

第 1 回　新制日検模擬考題　語言知識—文法

問題 1　(　　) に入れるのに最もよいものを、1・2・3・4 から一つ選びなさい。

1　私がミスしたばかりに、(　　)。

1　私の責任だ　　2　もっと注意しよう

3　とうとう成功した　　4　みんなに迷惑をかけた

2　弟とは、私が国を出るときに会った (　　)、その後 10 年会ってないんです。

1　末　　2　きり　　3　ところ　　4　あげく

3　来週の就職面接のことを考えると、(　　) でしかたがない。

1　心配　　2　緊張　　3　無理　　4　真剣

4　子供のころは、兄とよく虫をつかまえて遊んだ (　　)。

1　ことだ　　2　ことがある　　3　ものだ　　4　ものがある

5　カメラは、性能も大切だが、旅行で持ち歩くことを考えれば、(　　) に越したことはない。

1　軽い　　2　重い　　3　画質がいい　　4　機能が多い

6　この男にはいくつもの裏の顔がある。今回の強盗犯も、その中のひとつ(　　)。

1　というものだ　　2　どころではない

3　に越したことはない　　4　にすぎない

7　気温の変化 (　　)、電気の消費量も大きく変わる。

1　に基づいて　　2　にしたがって　　3　にかかわらず　　4　に応じて

8 もう夜中の一時だが、明日の準備がまだ終わらないので、(　　)。

1　寝ずにはいられない　　2　眠くてたまらない

3　眠いわけがない　　4　寝るわけにはいかない

9 外国へ行く時は、(　　) べきだ。

1　パスポートを持っていく　　2　その国の法律を守る

3　その国の文化を尊重する　　4　自分の習慣が当然だと思わない

10 その客は、文句を言いたい (　　) 言って、帰って行った。

1　わけ　　2　こそ　　3　きり　　4　だけ

11 彼がいい人なものか。(　　)。

1　君はだまされているよ　　2　ぼくも彼にはお世話になった

3　それに責任感も強い。　　4　それはわからないな。

12 先生はいつも、私たち生徒の立場に立って (　　) ました。

1　いただき　　2　ください　　3　さしあげ　　4　やり

問題２　次の文の＿★＿に入る最もよいものを、１・２・３・４から一つ選びなさい。

1　＿＿＿　＿＿＿　＿★＿　＿＿＿　が売れているそうだ。

1　高齢者　　2　衣服　　3　向けに　　4　デザインされた

2　週末は旅行に行く予定だったが、＿＿＿　＿＿＿　＿★＿　＿＿＿　ではなくなってしまった。

1　突然　　2　どころ　　3　母が倒れて　　4　それ

3　＿＿＿　＿＿＿　＿★＿　＿＿＿　負けません。

1　だれにも　　2　かけては　　3　ことに　　4　あきらめない

4　生活が　＿＿＿　＿＿＿　＿★＿　＿＿＿　失っていくように思えてならない。

1　なるにつれ　　2　私たちの心は　　3　豊かに　　4　大切なものを

5　何度も報告書を　＿＿＿　＿＿＿　＿★＿　＿＿＿　んです。

1　おかしな点に　　2　見直す　　3　うちに　　4　気がついた

第2回 新制日檢模擬考題 語言知識—文法

問題1 （　）に入れるのに最もよいものを、1・2・3・4から一つ選びなさい。

1 大学を卒業して以来、（　）。

1 友人と海外旅行に行った　　2 大学時代の彼女と結婚した
3 先生には会っていない　　4 英語はすっかり忘れてしまった

2 バスがなかなか来なくて、ちょっと遅れる（　）から、先にお店に行っていてください。

1 とみえる　　2 しかない
3 おそれがある　　4 かもしれない

3 姉はアニメのこととなると、（　）。

1 食事も忘れてしまう　　2 何でも知っている
3 絵もうまい　　4 同じ趣味の友達がたくさんいる

4 先進国では、少子化（　）労働人口が減少している。

1 について　2 によって　3 にとって　4 において

5 あなたが謝る（　）ですよ。ちゃんと前を見ていなかった彼が悪いんですから。

1 ものがない　2 ことがない　3 ものはない　4 ことはない

6 彼女は、家にある材料だけで、びっくりするほどおいしい料理を（　）んです。

1 作ることができる　　2 作り得る
3 作るにすぎない　　4 作りかねない

7 あなたはたしか、調理師の免許を（　）。

1 持っていたよ　　2 持っていたね
3 持っているんだ　　4 持っていますか

8 男は、最愛の妻（　　）、生きる希望を失った。

1　が死なれて　2　が死なせて　3　に死なれて　4　に死なせて

9 あなたにはきっと幸せになって（　　）と思っております。

1　あげたい　2　いただきたい　3　くださりたい　4　さしあげたい

10 きちんと計算してあるのだから、設計図のとおりに作れば、完成（　　）わけがない。

1　できる　2　できない　3　できた　4　できている

11 先生のおかげで、第一希望の大学に合格（　　）。

1　したいです　2　します　3　しました　4　しましょう

12 こちらの商品をご希望の方は、本日中にお電話（　　）お申し込みください。

1　で　2　に　3　から　4　によって

問題2　次の文の ＿★＿ に入る最もよいものを、1・2・3・4から一つ選びなさい。

1　宿題が終わらない。 ＿＿＿ ＿＿＿ ＿★＿ ＿＿＿ 始めればいいのだが、それがなかなかできないのだ。

1　早く　　　2　あわてるくらい

3　なら　　　4　あとになって

2　野菜が苦手な ＿＿＿ ＿＿＿ ＿★＿ ＿＿＿ 工夫しました。

1　ように　　　2　食べて頂ける

3 ソースの味を　　　4　お子様にも

3　あの男は私と ＿＿＿ ＿＿＿ ＿★＿ ＿＿＿ したんです。

1　とたん　　2　別れた　　3　結婚　　4　他の女と

4　さすが、 ＿＿＿ ＿＿＿ ＿★＿ ＿＿＿ ね。

1　速い　　2　若い　　3　理解が　　4　だけあって

5　＿＿＿ ＿＿＿ ＿★＿ ＿＿＿、とうとう競技場が完成した。

1　3年　　2　建設工事　　3　にわたる　　4　の末

第1回 模擬考試 翻譯與解題

問題1　（　　）に入れるのに最もよいものを、1・2・3・4から一つ選びなさい。

問題1　請從1・2・3・4之中選出一個最適合填入（　）的答案。

1　　Answer **4**

私がミスしたばかりに、（　　）。

1　私の責任だ　　2　もっと注意しよう

3　とうとう成功した　　4　みんなに迷惑をかけた

只因為我的失誤，（　　）。

1 是我的責任　　2 以後要更加留意

3 終於成功了　　4 造成了大家的困擾

「（動詞た形）ばかりに」は、～が原因で悪い結果になったと言いたいとき。例、

・私が契約内容を確認しなかったばかりに、会社に損害を与えてしまった。

「～たばかりに、…」の後には、悪い結果を表す表現が来る。

「（動詞た形）ばかりに／都是因為…，結果…」用於表達因為～的緣故，造成不良結果時。例如：

・只因為我沒有確認合約內容，結果造成了公司的虧損。

「～たばかりに、…」後面要接不良結果的表達方式。

2　　Answer **2**

弟とは、私が国を出るときに会った（　　）、その後10年会ってないんです。

1　末　　2　きり　　3　ところ　　4　あげく

我和弟弟，（　　）我出國時見過一面，之後已經十年沒見了。

1 經過…最後　　2 自從　　3 的時候　　4 到頭來

問題文の意味から考えて、「国を出る時に会ったのが最後だ」という文になるのは、2「きり」。「（動詞た形）きり」は、～してそのままずっと、という意味。ある動作の後、その状態が続いていて、次に起こるはずのことが

本題從語意考量，要表示「我出國時見的是最後一面」之意的是2「きり／自從…就一直…」。「（動詞た形）きり」表示自此～以後，便一直那樣持續著的意思。表示某動作之後，該狀態便一直持續著，

起こらない様子。例、

・大学へは、卒業したきり、一度も行っていない。

《その他の選択肢》

1「～末（に）…」は、いろいろ～したが最後に…という結果になった、という意味。例、

・悩んだ末に、転職することにしました。

3「～ところ、…」は、後に続く事柄の成立や、発見のきっかけを表す。例、

・先生に質問したところ、丁寧に教えてくださった。

4「～あげく、…」は、いろいろ～したが結局悪い結果になった、という意味。例、

・その客はドレスを何着も試着したあげく、何も買わずに帰った。

接下來該發生的事態並沒有發生的樣子。例如：

・自從畢業了以後，我連一次也不曾回到大學校園。

《其他選項》

選項1「～末（に）…／經過…最後」經過各種～，最後得到…的結果之意。例如：

・經過一番苦惱，最後決定換工作了。

選項3「～ところ、…／…後」後續表示事情成立和發現的契機。例如：

・請教了老師後，老師很仔細地教了我。

選項4「～あげく、…／結果…」用於表達經過各種～之後，最後導致不良的結果之意。例如：

・那位顧客試穿了好幾件洋裝，結果什麼都沒買就走了。

3 Answer **1**

来週の就職面接のことを考えると、（　　）でしかたがない。

1 心配　2 緊張　3 無理　4 真剣

一想到下星期要去公司面試，就（　　）得不得了。

1 擔心　2 緊張　3 勉強　4 認真

「（動詞て形、い形くて、な形－で）しかたがない」は、とても～だと感じる、という意味。話す人が自分の気持ちや体の状態を言うときの言い方。例、

・外国で一人で暮らすのは、寂しくてしかたがない。

《その他の選択肢》

「（動詞て形、形容詞て形、形容動詞詞幹で）しかたがない／…得不得了」表示感到極為～之意。是說話人表達自己的心情及身體狀態的說法。例如：

・在國外獨自一人的生活，孤單得難以忍受。

《其他選項》

2「緊張してしかたがない」なら正解。

3「無理」、4「真剣」は話す人の感情や体調を表すことばではないので、使えない。

選項２如果改為「緊張してしかたがない／緊張得不得了」就正確。

選項３「無理／勉強」及選項４「真剣／認真」因為都不是表示說話人的感情或身體狀況的語詞，因此無法使用。

4

Answer **3**

子供のころは、兄とよく虫をつかまえて遊んだ（　　）。

1　ことだ　　2　ことがある　　3　ものだ　　4　ものがある

小時候，我常和哥哥抓蟲子來玩（　　）！

1 的事　　2 有那種事　　3 呢　　4 有那種東西

問題文の意味から、過去の思い出を話していると分かる。過去の習慣を懐かしく話す言い方は3「（動詞た形）ものだ」。例、

・若い頃はよくギターを弾いて歌ったものだ。

※「ものだ」には、

①昔の習慣を懐かしむ、の他にも以下の意味がある。

②～と強く感じる。例、

・時間が経つのは早いものだ。

③～は真理だ。例、

・人は一人では生きられないものだ。

④常識として～したほうがいい。例、

・お年寄りは大切にするものだ。

《その他の選択肢》

1「～ことだ」は、～したほうがいいとアドバイスするとき。例、

・熱があるなら、温かくすることだよ。

從題意得知本題講的是過去的回憶。用於緬懷過往的習慣是３的「（動詞た形）ものだ／以前…呢」。例如：

・年輕的時候，常常邊彈吉他邊唱歌。

※「ものだ」有：

①除了緬懷過往的習慣之外，其他還有以下的意思。

②強烈的感慨～。例如：

・時間過得真快！

③～為真理。例如：

・人是無法獨自活下去的。

④就常識而言，最好～。例如：

・對長者應該善加照顧。

《其他選項》

選項１「～ことだ／應當…」忠告對方，做～將更加理想。例如：

・如果發燒了，應該穿暖和一點喔！

2「～ことがある」は経験を表す。例、

・この本を読んだことがありますか。

4「～ものがある」は、～という感じがあると言いたいとき。例、

・3年も家族とあえないとは、なかなか辛いものがある。

選項2「～ことがある／曾經…」表示經驗。例如：

・你看過這本書嗎？

選項4「～ものがある／非常…」表示因某事態而有～感受。例如：

・已經三年沒見過家人，實在非常想念他們。

5

カメラは、性能も大切だが、旅行で持ち歩くことを考えれば、（　　）に越したことはない。

1　軽い　　2　重い　　3　画質がいい　　4　機能が多い

相機的性能儘管重要，但是考慮旅行時要隨身攜帶，當然是越（　　）越好。

1 輕　　2 重　　3 畫質佳　　4 功能多

「（普通形現在）に越したことはない」は、もちろん～ほうがいい、という意味。例、

・住む場所は便利であるに越したことはない。

問題文では、「持ち歩くことを考えれば」とあるので、「軽い」を選ぶ。

《その他の選択肢》

3、4はカメラの性能のよさを言っており、問題文の「性能も大切だが」に合わない。

「（［形容詞・動詞］普通形現在）に越したことはない／最好是…」當然以～為好的意思。例如：

・居住的地點最講究的就是方便性了！

由於題目提到「旅行時要隨身攜帶」，因此答案要選「軽い／輕」。

《其他選項》

選項3、4講的是相機性能的優點，與題目的「性能も大切だが／性能儘管重要」意思互相矛盾。

6 Answer **4**

この男にはいくつもの裏の顔がある。今回の強盗犯も、その中のひとつ（　　）。

1　というものだ　　2　どころではない
3　に越したことはない　　4　にすぎない

這個男人擁有好幾張不為人知的面貌。比方這次當了強盜也（　）其中之一罷了。
1 就是那樣　2 沒那個心情　3 再好不過　4 只不過是

問題文には「いくつもの…」とあり、「その中のひとつ（　　）」とある。いくつもある顔の中のひとつ、と考えると、「ただ、～だけ」という意味の「に～すぎない」が正解。

「（名詞、普通形）にすぎない（過ぎない）」は、重要でない、少ないと言いたいとき。例、

- 社長といっても、社員 10 人の小さな会社の社長にすぎないんです。

《その他の選択肢》

1「～というものだ」は、ある事実に対して感想や批判を言うとき。例、

- 明日までに作れと言われても、それは無理というものだ。

2「～どころではない」は、～できる状況ではないと強く否定する言い方。例、

- 明日までの仕事が終わらなくて、食事どころじゃないんです。

3「～に越したことはない」は **5** 参照。

題目提到「好幾張…」與「其中之一（ ）」。因此，由「很多張面孔的其中一張」即可得知，正確答案是具有「ただ、～だけ／不過是…而已」意涵的「に～すぎない／只不過…」。

「（名詞、[形容詞・動詞] 普通形）にすぎない（過ぎない）／只是…」用於表達微不足道，程度有限之時。例如：

- 雖說是總經理，其實只是一家員工總數十人的小公司的總經理而已。

《其他選項》

選項 1「～というものだ／就是…」表達對某事實提出看法或批判時。例如：

- 雖然上面吩咐在明天之前做出來，但那是辦不到的！

選項 2「～どころではない／哪裡還能…」表示強烈的否定沒有餘裕做～的意思。例如：

- 明天之前必須完成的工作還做不完，根本沒時間吃飯！

選項 3「～に越したことはない／最好是…」請參閱 **5**。

7 Answer **2**

気温の変化（　　）、電気の消費量も大きく変わる。

1　に基づいて　　2　にしたがって

3　にかかわらず　　4　に応じて

（　　）氣溫的變化，電力使用量也呈現大幅差異。

1 根據　2 隨著　3 不管　4 為因應

「（名詞（する動詞の語幹）、動詞辞書形）にしたがって」は、一方が変化するとき、もう一方も変化すると言いたいとき。例、

・父は年をとるにしたがって、怒りっぽくなっていった。

《その他の選択肢》

1「～に基づいて…」は、～を基準として…するという意味。例、

・この映画は歴史的事実に基づいて作られています。

3「～にかかわらず」は、～に関係なく、という意味。例、

・試験の結果は、合否にかかわらず、ご連絡します。

4「～に応じて…」は、前のことが変われば、後のこともそれに合わせて変わる、変えるという意味。例、

・お客様のご予算に応じて、さまざまなプランをご提案しています。

後のことは、前の変化に合わせるという点から、4は間違い。

「（名詞（する動詞的語幹）、動詞辭書形）にしたがって／隨著…」表示隨著一方的變化，與此同時另一方也跟著發生變化。例如：

・隨著年事漸高，父親愈來愈容易發脾氣了。

《其他選項》

選項1「～に基づいて…／根據…」表示以～為根據做…的意思。例如：

・這部電影是根據史實而製作的。

選項3「～にかかわらず／無論…與否…」表示與～無關，都不是問題之意。例如：

・不論考試的結果通過與否，都將與您聯繫。

選項4「～に応じて…／按照…」表示前項如果發生變化，後項也將根據前項而發生變化、進行改變。例如：

・我們可以配合顧客的預算，提供您各式各樣的規劃案。

從後項將根據前項而相應發生變化這一點來看，4是不正確的。

8 Answer **4**

もう夜中の一時だが、明日の準備がまだ終わらないので、(　　)。

1　寝ずにはいられない　　2　眠くてたまらない

3　眠いわけがない　　4　寝るわけにはいかない

儘管已是深夜一點了，可是明天的事還沒準備好，(　　)。

1 不得不睡　　2 睏得要命　　3 X　　4 因此還不能睡覺

「(動詞辞書形) わけにはいかない」は、社会的、道徳的、心理的な理由から～できない、と言いたいとき。例、

・研究で成果を出すと先生に誓ったのだから、ここで諦めるわけにはいかない。

《その他の選択肢》

1「～ずにはいられない」は、どうしても～してしまう、抑えられないという意味。例、

・この本は面白くて、一度読み始めたら、最後まで読まずにはいられないですよ。

2「～てたまらない」は、非常に～だと感じるという意味。例、

・薬を飲んだせいで、眠くてたまらない。

3「～わけがない」は、絶対～ない、という意味。例、

・木村さんが今日の約束を忘れるわけがないよ。すごく楽しみにしてたんだから。

「(動詞辭書形) わけにはいかない／不能…」用在想表達基於社會性、道德性、心理性的因素，而無法做出～的舉動的時候。例如：

・我已經向老師發誓會做出研究成果給他看了，所以絕不能在這時候放棄！

《其他選項》

選項1「～ずにはいられない／不得不…」表示情不自禁地做～，意志無法克制的意思。例如：

・這本書很精彩，只要翻開第一頁，就非得一口氣讀到最後一行才捨得把書放下。

選項2「～てたまらない／…得受不了」表示強烈地感到非常～的意思。例如：

・由於服藥的緣故，睏得不得了。

選項3「～わけがない／不可能…」表示絕對不可能～的意思。例如：

・木村先生不可能忘記今天的約會啦！因為他一直很期待這一天的到來。

9 Answer **3**

外国へ行く時は、（　　）べきだ。

1　パスポートを持っていく　　2　その国の法律を守る
3　その国の文化を尊重する　　4　自分の習慣が当然だと思わない

到國外的時候，應當（　　）。
1 攜帶護照　　2 遵守該國的法律
3 尊重該國的文化　　4 不可以理直氣壯地堅持自分的習慣

「（動詞辞書形）べきだ」は、当然〜したほうがいい、人の義務として〜しなければならないと言いたいとき。
例、
・みんなに迷惑をかけたのだから、きちんと謝るべきだよ。
《その他の選択肢》
1、2は、法律や規則で決まっていることには使わないので不適切。
1「パスポートを持って行かなければならない」なら正解。
2「その国の法律を守らなければならない」なら正解。
4「べきだ」は動詞のない形に接続することはない。「…当然だと思うべきではない」なら正解。間違い「〜いべきだ」→正しい「〜べきではない」。

「（動詞辭書形）べきだ／必須…」用在想表達做〜當然是比較好的，以作為人的義務而言，必須做〜之時。例如：
・畢竟造成了大家的困擾，必須誠心誠意道歉才行喔！
《其他選項》
選項1、2由於不能使用在法律或規則所訂的事項上，因此不正確。
選項1如果是「必須攜帶護照」就正確。
選項2如果是「必須遵守該國的法律」就正確。
選項4「べきだ」不能接動詞的否定形。如果是「…不應理直氣壯地堅持…」就正確。「〜いべきだ」是錯誤的表達方式，如果是「〜べきではない／不應該」就正確。

10 Answer **4**

その客は、文句を言いたい（　　）言って、帰って行った。

1　わけ　　2　こそ　　3　きり　　4　だけ

那位顧客（　　）把自己想發的牢騷說完，就走了。
1 原因　　2 正是　　3 一…就…　　4 只

「（動詞辞書形）だけ」は、範囲の限界までする、という意味。例、

・おなかが空いたでしょう。ここにあるものは食べたいだけ食べてくださいね。

※「～だけ」は限定を表す。例、

・僕が好きなのは世界中であなただけです。

《その他の選択肢》

1「わけ」には多くの意味があるが、「言って」の前に「わけ」を置くとき、「わけを言って」となる。

2「こそ」や3「きり」も、「わけ」と同様に、「言いたい」の後や、「言って」の前には接続できない。また、文の意味も成立しない。

「（動詞辭書形）だけ／盡量」的意思是該舉動達到某個範圍的最大值。例如：

・肚子餓了吧？這裡的東西只要吃得下請盡量多吃喔！

※「～だけ」表示限定。例如：

・全世界我喜歡的就只有你而已。

《其他選項》

選項１，「わけ／原因」具有多種含意。當「わけ」放在「言って／說」之前的時候，就變成「わけを言って／說原因」。

選項２的「こそ／正是」和選項３的「きり／一…就…」都和「わけ」一樣，不能接在「言いたい／想說」後面，也不能放在「言って」的前面。不僅如此，這樣的句子也不合邏輯。

11 Answer **1**

彼がいい人なものか。（　　）。

1　君はだまされているよ　　2　ぼくも彼にはお世話になった
3　それに責任感も強い。　　4　それはわからないな。

他哪是好人呀？（　　）！
1 你被騙了啦　　2 我也受過他的關照
3 而且責任感也強　　4 我不太清楚吔

「（普通形）ものか」は、絶対〜ないという意味。話し言葉。「ものですか」「もんか」も同じ。例、

・あなたに私の気持ちが分かるものですか。

問題文は、彼は絶対にいい人ではない、と言っている。

「（［形容詞・動詞］普通形）ものか／才不…呢」表示絕對不是〜的意思。口語形。也可說成「ものですか」、「もんか」。例如：

・你怎麼可能明白我的心情呢！

本題要說的是他絕對不是好人。

12 Answer ❷

先生はいつも、私たち生徒の立場に立って（　　）ました。

1　いただき　　2　ください　　3　さしあげ　　4　やり

老師總是（　　）我們學生設身處地著想。

1 承蒙　　2 為　　3 予以　　4 給

「先生は」とあるので、他者を主語にした「〜てくれました」の尊敬表現「〜てくださいました」を選ぶ。

《その他の選択肢》

1「〜ていただきました」は「〜てもらいました」の謙譲表現。主語は「私」。

3「〜てさしあげました」は「〜てあげました」の謙譲表現。主語は「私」。

4「〜てやりました」は目下の人や動物などに対して使う言い方。意味は「〜てあげました」と同じ。

本題因為有「先生は／老師」，因此要選以他人為主語的「〜てくれました／給我…」的尊敬表達方式的「〜てくださいました／為我…」。

《其他選項》

選項1「〜ていただきました／承蒙…」是「〜てもらいました／讓…（我）為」的謙讓表達方式。主語是「私／我」。

選項3「〜てさしあげました／（為他人）做…」是「〜てあげました／（為他人）做…」的謙讓表達方式。主語是「私」。

選項4「〜てやりました／給…（做…）」用在對下級或動物身上。意思跟「〜てあげました」一樣。

問題2　次の文の ★ に入る最もよいものを、1・2・3・4から一つ選びなさい。
問題2　下文的 ★ 中該填入哪個選項，請從1・2・3・4之中選出一個最適合的答案。

1　Answer ❹

＿＿　＿＿　★　＿＿　が売れているそうだ。

1　高齢者　　2　衣服　　3　向けに　　4　デザインされた

聽說專為銀髮族設計的衣服十分暢銷。
1 銀髮族　　2 衣服　　3 專為　　4 設計的

正しい語順：1高齢者　3向けに　4デザインされた　2衣服　が売れているそうだ。

「～向け」の前には名詞が来るので、意味から考えて1と3がつながる。述語「が売れている」の前には残った名詞2が入ることが分かる。

《文法の確認》

「（名詞）向けだ」は、～に合うように考えられた、という意味。例、

・こちらは幼児向けの英会話教室です。

正確語順：聽說　3專為　1銀髮族　4設計的　2衣服　十分暢銷。

由於「～向け／專為…」的前面應連接名詞，因此從語意考量1要連接3。由此可知述語「が売れている／十分暢銷」的前面要填入最後剩下的名詞2。

《確認文法》

「（名詞）向けだ／專為…」表示被認為適合於～的意思。例如：

・這裡是專教幼兒的英語會話教室。

2　Answer ❹

週末は旅行に行く予定だったが、＿＿　＿＿　★　＿＿　ではなくなってしまった。

1　突然　　2　どころ　　3　母が倒れて　　4　それ

原本已經計畫好這個週末出門旅行，沒想到家母突然病倒了，根本沒那個心情去玩了。
1 突然　　2 心情　　3 病倒了　　4 那個

正しい語順：週末は旅行に行く予定だったが、1突然　3母が倒れて　4それ　2どころ　ではなくなってしまった。

正確語順：原本已經計畫好這個週末出門旅行，沒想到　3家母　1突然　3病倒了，根本沒　4那個　2心情　去玩了。

2「どころ」に注目して、「〜どころではない」とする。「〜どころではない」の前に入るのは名詞の4。1と3をその前に置く。

《文法の確認》

「（名詞、動詞辞書形）どころではない」は、〜する余裕はない、と言いたいとき。例、

- 明日は大雨だよ。登山どころじゃないよ。

留意2的「どころ／心情」部分，可知這是句型「〜どころではない／哪裡還能…」的應用。「〜どころではない」前面要填入的是名詞的4。而之前應填入1與3。

《確認文法》

「（名詞、動詞辭書形）どころではない」用於表達沒有餘裕做〜的時候。例如：

- 明天會下大雨啦，怎麼可以爬山呢！

3

Answer **2**

＿＿ ＿＿ ★ ＿＿ 負けません。

1 だれにも　2 かけては　3 ことに　4 あきらめない

在絕不放棄這一點上我絕不輸給任何人。

1 給任何人　2…上　3 這一點　4 絕不放棄

正しい語順：4あきらめない　3ことに　2かけては　1だれにも　負けません。

「だれにも負けません」という文を考える。「〜にかけては」という言い方の、「〜」に4と3を入れる。

《文法の確認》

「（名詞）にかけては」で、誰よりも上手だという意味を表す。例、

- しゃべることにかけては、ホンさんがクラスで一番です。

正確語順：在　4絕不放棄　3這一點　2上　我絕不輸　1給任何人。

本題應從「だれにも負けません／絕不輸給任何人」這句話開始解題。「〜にかけては／在…這一點上」句型中「〜」處應填入4與3。

《確認文法》

「（名詞）にかけては」表示比任何人能力都強之意。例如：

- 在講話方面，洪同學稱得上全班第一。

4 Answer ❷

生活が ＿＿ ＿＿ ★ ＿＿ 失っていくように思えてならない。
1 なるにつれ　2 私たちの心は　3 豊かに　4 大切なものを

不僅讓人感到，隨著生活愈趨富裕，我們的心卻逐漸遺忘了真正重要的東西。
1 隨著…愈趨　2 我們的心　3 富裕　4 真正重要的東西

正しい語順：生活が　3豊かに　1なるにつれ　2私たちの心は　4大切なものを　失っていくように思えてならない。

「生活が」につながるのは3、1。「失っている」の前には4が置ける。

《文法の確認》

「（動詞辞書形、名詞）につれて」は、一方が変化すると他方も変化する、と言いたいとき。例、

・町に近づくにつれて、渋滞がひどくなってきた。

正確語順：不僅讓人感到，1隨著　生活　1愈趨　3富裕，2我們的心　卻逐漸遺忘了　4真正重要的東西。

「生活が／生活」之後要連接3、1。「失っている／逐漸遺忘了」前面要填入4。

《確認文法》

「（動詞辭書形、名詞）につれて／隨著…」用於表達隨著一方的變化，另一方也隨之發生相應的變化時。例如：

・愈接近城鎮，塞車情況愈嚴重了。

5 Answer ❶

何度も報告書を ＿＿ ＿＿ ★ ＿＿ んです。
1 おかしな点に　2 見直す　3 うちに　4 気がついた

就在一次次反覆檢視報告之際，我察覺到了不對勁的地方。
1 不對勁的地方　2 檢視　3 之際　4 察覺到了

正しい語順：何度も報告書を　2見直す　3うちに　1おかしな点に　4気がついた　んです。

動詞は2と4。「何度も報告書を」のあとに2、「んです」の前に4を置く。1と4をつなげる。3「うちに」は、～ている間に、と言いたいとき。3は2

正確語順：就在一次次反覆　2檢視　報告　3之際，我　4察覺到了　1不對勁的地方。

動詞是2與4。「何度も報告書を／就在一次次反覆報告」的後面要接2、「んです」的前面應填入4。1與4相連接。3的句型「うちに／之際」用於表達在～期

の後に来る。

《文法の確認》

「（動詞辞書形、ている形、ない形）うちに」で、～ている間に変化が起こったという意味。例、

・この音楽は落ち着くので、聞いているうちに眠ってしまいます。

※「～うちに」は他に、～でなくなる前に、という意味がある。例、

・温かいうちに召し上がってください。

間之意。由此得知3接在2的後面。

《確認文法》

「（動詞辭書形、ている形、ない形）うちに／在…之內」表示在～狀態持續的期間，發生變化的意思。例如：

・這種音樂能讓心情平靜下來，聽著聽著就睡著了。

※「～うちに／趁…」另外還表示趁著～變化之前的意思。例如：

・請趁熱吃。

第2回 模擬考試 翻譯與解題

問題1　（　　）に入れるのに最もよいものを、1・2・3・4から一つ選びなさい。
問題1　請從1・2・3・4之中選出一個最適合填入（　）的答案。

1

Answer ❸

大学を卒業して以来、（　　）。

1　友人と海外旅行に行った　　2　大学時代の彼女と結婚した
3　先生には会っていない　　4　英語はすっかり忘れてしまった

自從大學畢業後，（　）。
1 我和朋友到國外旅行了　　2 我和大學時代的女友結婚了
3 就不曾見過老師了　　4 我已經把英文忘得一乾二淨了

「（動詞て形）て以来」は、～してから今まで、ずっとその状態が続いている、と言いたいとき。例、

・10年前に病気をして以来、お酒は飲まないようにしています。

《その他の選択肢》

選択肢の中で、過去から続いている状況を表しているのは3。4は「…卒業して以来、英語に触れる機会はない」+「ので、すっかり忘れてしまった」なら、文として成立する。

「（動詞て形）て以来／自從…就一直…」用於表達自從～以後，直到現在為止一直持續的某狀態時。例如：

・自從十年前生病之後，就把酒戒了。

《其他選項》

選項中能表達從過去以來狀態一直持續的是3。選項4如果是「自從…畢業後，就沒有機會接觸英語」+「因此，已經忘得一乾二淨了」這樣的句子就成立。

2

Answer ❹

バスがなかなか来なくて、ちょっと遅れる（　　）から、先にお店に行っていてください。

1　とみえる　　2　しかない　　3　おそれがある　　4　かもしれない

遲遲等不到巴士，（　）會稍微遲到，請先進去店裡面等我。
1 可見　　2 只好如此　　3 恐怕會　　4 說不定

可能性を表す「かもしれない」を選ぶ。

《その他の選択肢》

1「～とみえる」は、他の人の様子を見て、～らしい、と推量するときの言い方。例、

・あの子は勉強が嫌いとみえる。外ばかり見ている。

2「（動詞辞書形）しかない」は、他に選択肢がない、可能性がないと言いたいとき。例、

・バスはあと２時間来ないよ。駅まで歩くしかない。

3「～おそれがある」は、悪いことが起こる可能性があるという意味。意味は合っているが、「～おそれがある」は硬い言い方なので、問題文のような話し言葉では使わない。例、

・明朝、大型の台風が関東地方に上陸するおそれがあります。

這題要選表示可能性的「かもしれない／可能」。

《其他選項》

選項１「～とみえる／似乎…」用在從他人的現況，來推測好像～之時。例如：

・那孩子似乎不喜歡讀書，總是望著窗外。

選項２「（動詞辭書形）しかない／只好…」用於表達沒有別的選擇，或沒有其它的可能性時。例如：

・巴士還得等上兩小時才來喔！只好走去車站了。

選項３「～おそれがある／恐怕會…」表示有發生某不良事件的可能性。意思雖然符合，但是由於「～おそれがある」是較為生硬的說法，不能用在像本題這樣的口語形。例如：

・強烈颱風可能將在明天上午從關東地區登陸。

3

Answer **1**

姉はアニメのこととなると、（　　）。

1　食事も忘れてしまう　　2　何でも知っている
3　絵もうまい　　4　同じ趣味の友達がたくさんいる

但凡和動漫相關的事，姊姊（　　）。

1 連飯都可以忘了吃　　2 無所不知
3 畫畫也很拿手　　4 擁有很多相同嗜好的朋友

「（名詞）のこととなると」は、～に関することに対しては、普通と違う態度になると言いたいとき。例、

・普段厳しい部長も、娘さんのこととなると人が変わったように優しくなる。

「（名詞）のこととなると／但凡和…相關的事」用於表達對於與～相關的事項，態度就變得與平常不同之時。例如：

・就連平時嚴謹的經理，一提到女兒就換了個人似的，變得很溫柔。

4 Answer **2**

先進国では、少子化（　　）労働人口が減少している。

1　について　　2　によって　　3　にとって　　4　において

先進國家（　　）少子化而導致勞動人口遞減。

1 有關　　2 由於　　3 對於　　4 關於

「（名詞）によって」は、～が原因で、という意味。後には、その結果を表すことばが来る。例、

・ここ数日の急激な気温の変化によって、体調を崩す人が増えています。

《その他の選択肢》

1「～について」は、それに関してという意味。例、

・日本の地形について調べる。

3「～にとって」は、主に人を主語として、その人の考えでは、という意味を表す。例、

・私にとって、家族は何よりも大切なものです。

4「～において」は、ものごとが行われる場所や場面を表す。例、

・授賞式は、第一講堂において行われます。

「（名詞）によって／因為…」表示由於～的原因之意。後面接導致其結果的內容。例如：

・這幾天急遽的氣溫變化，導致愈來愈多人的健康出狀況。

《其他選項》

選項 1「～について／關於…」與其相關之意。例如：

・調查日本地形的相關資訊。

選項 3「～にとって／」主要以人為主語，表示站在該人的立場來進行判斷之意。例如：

・對我而言，家人比什麼都重要。

選項 4「～において／於…」表示事物進行的場所、場合等。例如：

・頒獎典禮將於第一講堂舉行。

5 Answer **4**

あなたが謝る（　　）ですよ。ちゃんと前を見ていなかった彼が悪いんですから。

1　ものがない　　2　ことがない　　3　ものはない　　4　ことはない

你（　　）道歉啊！因為是他不對，沒有注意看前面嘛！

1 沒有什麼　　2 從未　　3 沒有什麼　　4 不需要

「（動詞辞書形）ことはない」は、～する必要はないという意味。例、

・分からないことは一つ一つ丁寧に教えますから、心配することはありませんよ。

《その他の選択肢》

２「～ことがない」は経験を表す。例、

・私は飛行機に乗ったことがありません。

「（動詞辭書形）ことはない／用不著…」表示沒有做～的必要之意。例如：

・不懂的地方會一項一項慢慢教，請不必擔心喔！

《其他選項》

選項２「～ことがない／未曾…」表示經驗。例如：

・我從來沒有搭過飛機。

6 Answer **1**

彼女は、家にある材料だけで、びっくりするほどおいしい料理を（　　）んです。

1　作ることができる　　2　作り得る

3　作るにすぎない　　4　作りかねない

她光用家裡現有的材料，就（　　）足以讓人大為吃驚的菜餚。

1 能夠做出　　2 得到製作　　3 X　　4 X

「彼女は、…材料で、おいしい料理を」と考えて、「作ることができる」を選ぶ。

《その他の選択肢》

２「～得る」は、できる、～可能性があるという意味だが、特定の人の一般的な能力（料理が作れるなど）については使わない。例、

從「她光用…的材料，美味的菜餚」意思來推敲，得知要選擇「作ることができる／能夠做出」。

《其他選項》

選項２「～得る／可能」雖然表示可能，有發生～的可能性之意，但不使用在特定的人之一般能力（如會做菜等）相關事項上。例如：

・両国の関係は話し合いの結果次第では改善し得るだろう。

3「～にすぎない」は、ただ～だけ、それ以上ではないという意味。例、

・歓迎会の準備をしたのは鈴木さんです。私はちょっとお手伝いしたにすぎないんです。

4「～かねない」は、「Chapter10」参照。

・兩國的關係在會談之後應當呈現好轉吧！

選項３「～にすぎない／只不過…」表示只不過是～而已，僅此而已沒有再更多的了。例如：

・負責籌辦迎新會的是鈴木同學，我只不過幫了一點小忙而已。

選項４「～かねない／很可能…」請參閱第10章。

7

Answer **2**

あなたはたしか、調理師の免許を（　　）。

1　持っていたよ　　2　持っていたね　　3　持っているんだ　　4　持っていますか

我記得你好像（　　）廚師執照，（　　）？

1 擁有喔　　2 擁有…對吧　　3 原來…有哦　　4 擁有嗎

「たしか」は、私はそのように記憶しているが、と言いたいときの言い方。終助詞「ね」は、自分の思っていることが正しいかどうか、相手に確認するときに使う。例、

・A：会議は11時からだったよね。

・B：ええ、そうですよ。

《その他の選択肢》

1終助詞「よ」は、自分の思っていることを相手に伝える言い方。相手をそのようにさせたいときの言い方が多い。例、

・早く帰ろうよ。（勧誘）、

・もっと野菜を食べたほうがいいよ。（忠告）、

・A：だれか辞書を持ってない？

・B：リンさんが持ってたよ。（返答）など。

「たしか／好像」用在想表達「我記得應該是那樣的」的時候。語尾助詞「ね／吧」用在向對方確認自分的想法是否正確的時候。例如：

・A：「會議是從11點開始，對吧？」

・B：「是的，沒錯喔。」

《其他選項》

選項１的語尾助詞「よ／喔」用於讓對方了解自己的想法的時候。這種語氣通常表示希望對方能夠照自己的意思去做。例如：

・我們快點回去嘛！（勸說）

・最好多吃蔬菜喔！（忠告）

・A：「有誰帶了辭典？」

・B：「林先生有帶。」（回答）等。

3「～んだ（～んです）」「～のだ（～のです）」は理由や状況を説明するとき。例、

・A：昨日はどうして休んだの？

・B：おなかが痛かったんです。

4「たしか」があるので、問題文は、話者の考えを言っている文。「持っていますか」という形の疑問文にはできない。

選項3「～んだ（～んです）」、「～のだ（～のです）」用在表示對理由及狀況進行說明時。例如：

・A：「昨天為什麼請假？」

・B：「因為肚子很痛。」

選項4由於題目有「たしか／好像」這個詞語，知道是說話人表達自己的想法的句子。因此，後面不會有「持っていますか」這種疑問句的形式。

8 Answer **3**

男は、最愛の妻（　　）、生きる希望を失った。

1　が死なれて　　2　が死なせて　　3　に死なれて　　4　に死なせて

那個男人摯愛的妻子（　　），自己也失去了活下去了希望。

1 X　　2 X　　3 離開人世　　4 使其死

主語は「男」なので、受身形の文を作る。例、

・電車で子供に泣かれて、困った。

《その他の選択肢》

1、2「男は、…妻が死んで」なら正解。

由於主語是「男／男人」，因此需要造一個被動形的句子。例如：

・電車裡有小孩在哭，傷腦筋啊。

《其他選項》

選項1、2如果是「男は、…妻が死んで／男人…妻子離開人世」就正確。

9

Answer ❷

あなたにはきっと幸せになって（　　）と思っております。

1　あげたい　　2　いただきたい　　3　くださりたい　　4　さしあげたい

我（　　）你一定要得到幸福！

1 想給予　　2 希望　　3 X　　4 盼望給予

「あなたには」とあり、主語は「私」。「私はあなたに…になって（　　）たい」という文。

「もらいたい」の謙譲語「いただきたい」を選ぶ。

《その他の選択肢》

1「（私は）あなたを幸せにしてあげたい。」なら正解。

3「（あなたは）幸せになってください。」なら正解。「くださりたい」という言い方はない。

4「（私は）あなたを幸せにしてさしあげたい。」なら正解。

題目有「あなたには／你」，而主語是「私／我」。整個句子是「私はあなたに…になって（　　）たい／我希望（　　）你得到…」的意思。

因此，要選「もらいたい／想請你…」的謙讓語「いただきたい／想請您…」。

《其他選項》

選項 1 如果是「（我）想要給你幸福」就正確。

選項 3 如果是「希望（你）能得到幸福」就正確。而且沒有「くださりたい」這樣的說法。

選項 4 如果是「（我）想要給您幸福」就正確。

10

Answer ❷

きちんと計算してあるのだから、設計図のとおりに作れば、完成（　　）わけがない。

1　できる　　2　できない　　3　できた　　4　できている

一切都經過了精密的計算，只要按照設計圖施作，不可能（　　）完工。

1 可以　　2 無法　　3 完成了　　4 做成的

「きちんと計算してある」と言っているので、「完成できる」という意味になるように考える。

「（普通形）わけがない」は、絶対～な

由於題目提到「きちんと計算してある／一切都經過了精密的計算」，可以推測出句子的完整意思是「完成できる／可以完工」。

「（[形容詞・動詞]普通形）わけがない

い、と確信していると言いたいとき。
問題文は、二重否定で、できない＋わけがない→絶対できる、という意味になる。

／不可能…」用在想表達絕對不可能～，有十足把握的時候。
題目是雙重否定的用法，意思是：「できない＋わけがない／辦不到＋沒道理會那樣」→絕對做得到。

Answer ❸

11

先生のおかげで、第一希望の大学に合格（　　）。

1　したいです　　2　します　　3　しました　　4　しましょう

託老師的福，我（　　）考上第一志願的大學了。

1 想要　　2 做　　3 已經　　4 來做吧

「（名詞 - の、い形普通形、な形 - な）おかげだ」は、～の影響でいい結果になった、と言いたいとき。例、
・生まれつき体が丈夫なおかげで、今日まで元気にやって来られました。

《その他の選択肢》
「～おかげで」は結果を表す言い方なので、
1「～たいです」（意向）や、2「～ます」（意志や未来）、4「～ましょう」（働きかけ）などの表現は来ない。

「（名詞の、形容詞普通形、形容動詞詞幹な）おかげだ／多虧…」用於表達由於受到某～影響，導致後面好的結果時。例如：
・多虧這與生俱來的強健身體，才能活力充沛地活到了今天。

《其他選項》
由於「～おかげで」是導致後面結果的用法，因此：
因此都不能接：1「～たいです／想要」（表意向），或 2「～ます／做」（表意志或未来），4「～ましょう／做…吧」（表推動）等表現方式。

12 Answer ❶

こちらの商品をご希望の方は、本日中にお電話（　　）お申し込みください。

1 で　　2 に　　3 から　　4 によって

想要購買這項商品的顧客，請於今天之內（　　）電話申請。【注：撥打電話＝來電】

1 撥打（使用）　　2 在　　3 從　　4 根據

道具や手段を表す助詞「で」を選ぶ。

例、

・はさみで切ってください。

《その他の選択肢》

4「～によって」は手段を表すが、硬い言い方で、電話のような日常的な道具には使わない。例、

・本日の面接結果は、後日文書によってご通知します。

本題要選擇表示道具或手段的助詞「で／用…」。例如：

・請用剪刀剪斷。

《其他選項》

選項 4「～によって／由…」雖然也表示方法、手段，但說法較為生硬，一般不使用在電話等日常生活用的道具上。例如：

・關於今天面試的結果，日後再以書面通知。

問題2　次の文の＿★＿に入る最もよいものを、1・2・3・4から一つ選びなさい。

問題2　下文的＿★＿中該填入哪個選項，請從1・2・3・4之中選出一個最適合的答案。

1

Answer **3**

宿題が終わらない。＿＿ ＿＿ ＿★＿ ＿＿ 始めればいいのだが、それがなかなかできないのだ。

1　早く　　2　あわてるくらい　　3　なら　　4　あとになって

功課寫不完。明知道與其之後才手忙腳亂不如提早動手做，卻總是無法身體力行。

1 提早　　2 與其手忙腳亂　　3 不如　　4 之後才

正しい語順：宿題が終わらない。4あとになって　2あわてるくらい　3なら　1早く　始めればいいのだが、それがなかなかできないのだ。

「始めればいい」の前に1を置く。4と2をつなげる。「〜くらいなら」と考えて、2の後に3を置く。

《文法の確認》

「（名詞、普通形）くらい」は、程度が軽いと言いたいとき。例、

・風邪くらいで休むな。

「〜くらいなら」は二つのことを比較して、程度が低い方は選ばない、と言いたいとき。例、

・この会社で一生働き続けるくらいなら、田舎に帰るよ。

正確語順：功課寫不完。明知道　2與其　4之後才　2手忙腳亂　3不如　1提早　動手做，卻總是無法身體力行。

「始めればいい／動手做」的前面應填入1。如此一來順序就是4與2相連接。這題是「〜くらいなら／與其…不如…（比較好）」句型的應用，知道2的後面應填入3。

《確認文法》

「（名詞、[形容詞・動詞]普通形）くらい／區區…」用於表達程度輕微的時候。例如：

・區區小感冒，不准請假！

「〜くらいなら／與其忍受…還不如…」用於表達比較兩件事物，不願選擇程度較低的一方。例如：

・要我待在這家公司工作一輩子，我寧願回鄉下啦！

2　　Answer ❶

野菜が苦手な ＿＿＿ ＿＿＿ ★ ＿＿＿ 工夫しました。

1 ように　　2 食べて頂ける　　3 ソースの味を　　4 お子様にも

為了讓不喜歡吃蔬菜的小朋友也願意吃，我在醬料的調味上下了一番功夫。
1 為了讓　　2 願意吃　　3 醬料的調味上　　4 小朋友也

正しい語順：野菜が苦手な　4お子様にも　2食べて頂ける　1ように　3ソースの味を　工夫しました。
「野菜が苦手な」の後に4、「工夫しました」の前に3を置く。間に2と1を入れる。
《文法の確認》
主語は「お子様」ではなく「私（私たち、当社など）」。「～ように」で目標を表す。

正確語順：1為了讓　不喜歡吃蔬菜的　4小朋友也　2願意吃，我在　3醬料的調味上　下了一番功夫。
「野菜が苦手な／不喜歡吃蔬菜的」後面應該接4，「工夫しました／下了一番功夫」的前面應填入3。而中間應填入2跟1。
《確認文法》
主語不是「お子様／小朋友」而是「私（私たち、当社など）／我（我們、本社等）」。「～ように／為了」表示目標。

3　　Answer ❹

あの男は私と ＿＿＿ ＿＿＿ ★ ＿＿＿ したんです。

1 とたん　　2 別れた　　3 結婚　　4 他の女と

那個男人才剛剛和我分了手就馬上與別的女人結婚了。
1 才剛剛…就馬上　　2 分了手　　3 結婚　　4 與別的女人

正しい語順：あの男は私と　2別れた　1とたん　4他の女と　3結婚　したんです。
「したんです」の前に3を置く。「～たとたん」と考えて、2と1をつなげる。3の前に4を入れる。

正確語順：那個男人　1才剛剛　和我　2分了手　1就馬上　4與別的女人　3結婚了。
空格後面「したんです／…了」的前面應填入3。這題是「～たとたん／」句型的應用，得知2應該與1連接。3的前面應填入4。

《文法の確認》

「（動詞た形）とたん（に）」は、～したら直後に、という意味。例、

・家に着いたとたんに、雨が降り出した。

《確認文法》

「（動詞た形）とたん（に）／剛…就…」表示～動作完成馬上的意思。例如：

・才踏進家門就下雨了。

4

Answer ❸

さすが、＿＿＿＿　＿＿＿＿　＿★＿　＿＿＿＿　ね。

1　速い　　2　若い　　3　理解が　　4　だけあって

真厲害！不愧是年輕人，一下子就聽懂了！

1 一下子　　2 年輕人　　3 聽懂　　4 不愧是

正しい語順：さすが、2若い　4だけあって　3理解が　1速い　ね。

4「～だけあって」は、～ので期待通りだ、と評価が高いことを表す。文の意味から、「若いので速い」と考えて、2、4、1。3は4の後に入れる。「さすが」は、やはりすごい、と評価通りの実力を認める言い方。例、

・さすが農薬の専門家だ、農薬のことなら何でも知っている。

「さすが」は「だけあって」と一緒に使われることが多い。

《文法の確認》

「（名詞、普通形）だけ（のことは）ある」は、～から期待される通りだという意味。例、

・いい靴だね。イタリア製だけのことはある。

正確語順：真厲害！4不愧是　2年輕人，1一下子　就　3聽懂　了！

4「～だけあって／不愧是」表示因為～與期待相符，而給予高度的評價之意。從句意推敲，「若いので速い／因為年輕所以很快」，得知正確語順是2→4→1。而3要填入4的後面。「さすが／真厲害」表示果然厲害，承認實力與評價名實相符的意思。例如：

・不愧是農藥專家！舉凡和農藥相關的事，無所不知。

「さすが」常與「だけあって」前後呼應一起使用。

《確認文法》

「（名詞、[形容詞・動詞]普通形）だけ（のことは）ある／不愧是…」表示從其做的～與期待相符的意思。例如：

・真是一雙好鞋子，不愧是義大利製造的！

5

Answer 2

＿＿＿ ＿＿＿ ＿★＿ ＿＿＿、とうとう競技場が完成した。

1 3年　2 建設工事　3 にわたる　4 の末

經過了整整3年的建設工程，最後競技場終於竣工了。
1 3年的　2 建設工程　3 整整　4 最後…經過了

正しい語順：１３年　３にわたる　２建築工事　４の末、とうとう競技場が完成した。

３「にわたる」は、～の範囲全体にという意味。

４「の末」は、～した後で、という意味。

１と３、２と４をつなげることができる。句点の前に４を置く。

《文法の確認》

「（名詞）にわたる」は、その範囲全体に、という意味。場所、時間、回数などの幅が大きいことを表す。例、

・彼は全教科にわたって、優秀な成績を修めた。

「（名詞 - の、動詞た形）末（に）」は、いろいろ～したあとで、ある結果になったと言いたいとき。例、

・兄弟は、取っ組み合いの大げんかをした末に、ふたりそろって泣き出した。

正確語順：４經過了　３整整　１３年的　２建設工程，４最後　競技場終於竣工了。

選項３「にわたる／整整…」表示～所涉及到的全體範圍之意。

選項４「の末／經過…最後」表示經過～，最後…的意思。

如此一來順序就是１→３→２→４。逗號前面應填入４。

《確認文法》

「（名詞）にわたる」指其全體範圍之意，表示場所、時間、次數的範圍非常之大。例如：

・他所有的科目都拿到了優異的成績。

「（名詞の、動詞た形）末（に）／最後」用於表達經歷各式各樣的～，最後得出某結果時。例如：

・兄弟倆激烈地扭打成一團，到最後兩個人一起哭了起來。

索引

N2 JLPT

Index 索引

あ

い

う

え

お

か

き

け

こ

さ

し

す

せ

た

つ

て

と

な

に

ぬ

の

は

へ

ほ

ま

も

や

よ

を

Memo

合格班日檢文法N2

攻略問題集＆逐步解說（18K＋MP3）

【日檢合格班 15】

■ 發行人／林德勝

■ 著者／吉松由美、西村惠子、大山和佳子、山田社日檢題庫小組

■ 出版發行／山田社文化事業有限公司
地址　臺北市大安區安和路一段112巷17號7樓
電話　02-2755-7622　02-2755-7628
傳真　02-2700-1887

■ 郵政劃撥／19867160號　大原文化事業有限公司

■ 總經銷／聯合發行股份有限公司
地址　新北市新店區寶橋路235巷6弄6號2樓
電話　02-2917-8022
傳真　02-2915-6275

■ 印刷／上鎰數位科技印刷有限公司

■ 法律顧問／林長振法律事務所　林長振律師

■ 定價／新台幣350元

■ 初版／2018年 1月

© ISBN : 978-986-246-486-1